Siobha

IN LOUISIANA

MENTIONS DIVERSES :

Siobhan Jensen pour le texte, les corrections, la couverture, et cetera.

AbodeStock pour l'image de la couverture.

Il s'agit d'une œuvre de pure fiction. Aucun fantôme n'a été maltraité dans ce livre.

Et cette œuvre est protégée par copyright, propriété intellectuelle, et cetera.

ISBN : 9798692177124

Si vous n'avez pas payé ce que vous êtes en train de lire : Tu peux crever ! Enculé(e) de pirate ! J'ai pas passé des centaines d'heures à créer cette histoire pour ton plaisir ! Crève !

Si vous l'avez acheté : MERCI <3 <3 <3

Il faut soutenir financièrement les auteurs que vous appréciez, en parler autour de vous et laisser des commentaires si le cœur vous en dit.

Voilà :) Bonne lecture !

1 : L'arrivée

Vendredi 31 octobre

— Es-tu certain que c'est la bonne adresse ? demande Jason à ma droite.

J'ai stoppé notre véhicule devant le large portail en fer, de guingois, et recouvert de lierre. Une large chaîne avec un gros cadenas en bloque l'ouverture.

Derrière nous, le second 4X4 contenant le reste de notre groupe de potes.

Devant le silence de – Chuck alias – Chucky, chacun se tourne vers lui. Comme d'habitude, il est aussi lent qu'un paresseux. Il a le nez collé sur son smartphone qui nous sert de GPS depuis notre sortie de l'aéroport.

Nous avons quitté New York en début d'après-midi, et nous sommes actuellement *quelque part* en Louisiane. Nous avons quitté la grand-route il y a dix kilomètres et nous n'avons pas vu la moindre habitation depuis au moins quinze.

Autrement dit, nous commençons à fatiguer. L'après-midi touche à sa fin et si nous sommes paumés, je vais craquer.

Nous avons prévu de nous éclater durant ce long week-end de quatre jours et je refuse de céder au pessimisme. Nos coffres sont pleins de vivres, après avoir dévalisé le premier centre commercial aperçu. Nous sommes parés.

— Eh bien… marmonne Chucky. Le GPS a perdu notre position depuis plus de dix minutes et je nous ai guidé en suivant tout seul la carte, alors…

— Accouche, Chuck, s'impatiente Carrie. J'ai envie d'aller aux toilettes !

— Tu peux toujours trouver un buisson, ce n'est pas ce qui manque ici, ironisé-je.

Nous nous trouvons au milieu des bois et des champs.

— Ne va pas effrayer un hérisson ou un lièvre avec ta fouf…

Et bien sûr, je reçois une tape derrière la tête, en rétribution. Elle est habile, je le reconnais volontiers, surtout avec l'appuie-tête qui nous sépare.

Sur la totalité de notre groupe habituel d'amis new-yorkais, seule une partie a pu venir, aujourd'hui nous sommes sept. Et la pauvre Carrie est l'unique femme. Par chance, elle possède un caractère plus fort que nous six réunis. Il vaut mieux, elle ne risque pas de s'ennuyer avec nous, ah ah...

— C'est bien ici, finit par annoncer Chucky.

Jason tend la main vers lui.

— File la clé, je vais ouvrir.

— Pas besoin, ricane-t-il. Le code est 666.

Un instant, nous nous figeons.

— Tu plaisantes, mec ? lâche Ibrahim. Ta tante a un drôle de sens de l'humour.

Chucky hausse les épaules avec nonchalance. Rien ne l'atteint jamais, ce type. Qui croirait qu'il est consultant free-lance dans l'évènementiel ? Personne. Cependant, l'enfoiré gagne plus que bien sa vie.

Il a changé en perdant son père dans l'attentat du 11 septembre 2001. Il l'a probablement vu mourir en direct à la télévision, lorsque les tours du World Trade Center se sont effondrées sur elles-mêmes. Depuis, quelque chose s'est brisé en lui. Oui, nous nous connaissons presque tous de cette époque, c'est dire. Oh, nous n'étions pas tous dans la même école, mais pas loin. Petit à petit, au fil des années, notre groupe hétéroclite s'est étoffé, pour devenir ce qu'il est aujourd'hui.

Jason me jette un regard en coin amusé et descend de l'auto. Pendant une minute, nous l'observons. Et nous soupirons de soulagement quand il se retourne vers nous en brandissant un pouce levé.

Il déroule les épaisses chaînes puis il repousse les deux battants du portail. Plus aucun doute n'est permis, nous sommes arrivés à destination. J'avance une vingtaine de mètres et patiente qu'il revienne.

Michael se gare derrière moi, sagement. L'allée n'est pas suffisamment large pour qu'il nous dépasse avec le second 4X4. À son bord, Norman lui tient compagnie. Ils transportent le plus gros de nos affaires, sur leur plateforme.

J'aurais bien voulu être à la place de Norman. Tant pis.

Jason bondit prestement sur le siège passager, à l'avant, et me sourit.

— Pourquoi as-tu refermé ? le questionné-je.

— Chéri… dit-il en me gratifiant de son air le plus charmeur. Comme tu l'as mentionné tout à l'heure, nous sommes au milieu de nulle part et cette grille est peut-être notre unique rempart contre des gens mal intentionnés. La maison est isolée.

Je pouffe.

— Tu ferais un piètre agent immobilier, me moqué-je. Ah, non, c'est vrai ! Tu *es* agent immobilier.

Jason n'est ni grand ni musclé, toutefois sa blondeur et son beau sourire font des miracles sur ses clients.

— Tu es sacrément en forme.

— Non, c'est même tout l'inverse, déclaré-je d'un ton théâtral. Je suis claqué de chez claqué, ah ah ah… J'ai dû enchaîner trop de gardes, ces temps-ci. Ce week-end est *exactement* ce dont j'ai besoin.

Lorsque nous sortons de l'allée boisée, nous découvrons une large pelouse rase entourant une… putain d'immense demeure tout droit sortie d'Autant en emporte le vent.

— Waouh, articule Carrie, admirative. Je me verrais carrément vivre ici.

J'explose de rire, tout en ralentissant devant le large perron à colonnes grecques.

— Carrie ! Nous sommes en Louisiane. Et ta peau chocolat aurait causé grand scandale à l'époque de l'esclavage.

Sans surprise, ses origines cubaines éclatent et je reçois une pluie de jurons qui résonnent telle une douce mélodie à mes oreilles. Je n'en ai jamais compris aucun, et pourtant j'adore quand elle s'enflamme de cette façon. Elle bosse en tant qu'assistante dans un grand journal de mode. Ce boulot est parfait pour elle. Elle doit sûrement martyriser une armée d'employés à longueur de journée et adorer ça. Mais pour nous, elle sera toujours cette jeune afro-cubaine aux collants troués et aux grosses lunettes, ainsi que cette geek ès Mode qui nous rendait dingues avec son blabla intarissable sur les tendances vestimentaires, et cetera.

Dans le rétroviseur, elle m'exhibe son majeur.

Je m'arrête et coupe le moteur. Inutile de m'emmerder à me garer, nous ne manquons pas de place. J'abandonne les clés sur le tableau de bord et descends me dégourdir les jambes.

Je m'étire les bras et le dos. Mes camarades en font de même. Sur la dernière portion du voyage, les routes n'étaient pas terribles, en dépit des amortisseurs des véhicules quasiment neufs qu'on nous a loués, nous avons été quelque peu secoués.

Nous inspectons le parc. Hormis la vingtaine de mètres de pelouse autour de la bâtisse, il n'y a que des bois. C'est assez… flippant. Nous sommes en automne, le soleil peine à poindre au travers des nuages et l'atmosphère ici est froide, humide et oui, un brin intimidante.

— Rentrons ! ordonne Ibrahim.

Les portières s'ouvrent, et chacun s'affaire à porter tout ce qu'il peut afin d'effectuer le moins d'allers-retours possible.

Je croise Michael entre les 4X4 et il me sourit. Oh, merde… Je fonds…

Je vais formuler un truc vraiment affreux, mais… Michael a rompu la semaine dernière et à mes yeux c'est la meilleure nouvelle de l'année. Oui, je suis atroce ! Il a le cœur brisé et je saute de joie.

Comprenez-moi, OK ? J'en suis raide dingue depuis mes quinze ans. Pour mon malheur, je ne suis pas son genre. Bien qu'il soit bisexuel, il a une nette préférence pour les femmes. Et les hommes avec lesquels il est sorti étaient tous des top-modèles. Or, je suis loin de répondre à ses standards. J'ai essayé de renoncer à mes sentiments. En vain. Je suis incurable.

— J'ai appris au sujet de Bella et toi. Désolé, dis-je en tentant d'avoir l'air peiné.

— Ah. Ouais.

Ses lèvres se redressent d'un côté, en une grimace.

— Merci, Freddie. La rupture était hélas inévitable.

Il ne me faut rien de plus afin d'être aux anges. Oui, je suis atroce – bis !

Michael me dépasse et Jason apparaît à ma gauche.

— Arrête ça, me chuchote-t-il. Tout le monde voit ce que tu penses à livre ouvert, je te jure. Il n'y a guère que cet imbécile qui ignore encore tes sentiments.

Agacé, je lui balance un coup de pied dans le mollet et il grimpe en trottinant les cinq marches qui mènent en haut du perron.

— Cette baraque est vraiment démente ! dit Norman.

Norman est notre baba cool. Il est un accro à la fumette qui s'assume pleinement. Avec ses dreadlocks châtain clair, on dirait un surfeur échoué sur le mauvais océan. Il est négociant en fruits et légumes auprès d'une coopérative bio qui dessert plusieurs réseaux d'enseignes sur la côte Est.

— J'aurais plutôt cru que tu cracherais sur cette relique colonialiste honteuse, rétorque Ibrahim en rentrant dans la maison.

— IT… T'es trop baaaaaad, mec.

IT, c'est pour Ibrahim Torres, le savant mélange entre une musulmane et un latino. Il a rencontré Michael à l'université, qui l'a introduit parmi nous. Même s'il occupe le poste peu marrant d'avocat-conseil dans une importante société d'assurances, il est un des types les plus amusants que je connais. Pourquoi certains choisissent-ils des boulots qui sont aux antipodes de leur caractère ?

— C'est rare que tu portes tes lunettes, glissé-je à Norman.

— J'ai une infection aux yeux. Mon docteur m'a interdit de porter mes lentilles durant deux semaines.

Je l'observe une seconde.

— Elles te vont bien, elles te donnent un côté intello plutôt cool. Surtout avec tes cheveux longs détachés.

— Merci, me dit-il, flatté.

2 : La maison

Une fois à l'intérieur, comme mes camarades, je scrute l'endroit. Nous avons tous le nez en l'air, admirant le large double escalier en demi-cercle, tout en pierre blanche et poteaux torsadés. L'entrée en impose, oui.

— Nous occuperons l'aile gauche, nous annonce Chucky. Vous ne pourrez pas vous tromper, l'autre aile n'a pas été nettoyée et nous finirez recouvert de toiles d'araignées en franchissant le seuil, plaisante-t-il.

— Très peu pour moi, dit Carrie en montant les marches avec sa valise à roulettes.

Fidèle à elle-même, elle a pris un bagage immense rempli aux trois quarts de fringues qu'elle n'aura pas l'occasion de porter.

— La plus belle chambre est pour moi ! annonce-t-elle.

J'oublie mon sac de voyage dans un coin et suis Chucky, Norman et Jason au bout d'un long couloir.

— Pourquoi la cuisine est-elle située aussi loin ? demande Jason derrière moi.

— Parce qu'à l'époque, les fournisseurs livraient à l'arrière, loin de l'entrée prestigieuse réservée aux invités de marque, réponds-je.

— Tu lis trop de romans à l'eau de rose, rétorque-t-il.

— Je t'emme… Waouh !

On se croirait dans Downton Abbey, version sudiste, ah ah… Une hotte en pierre usée surplombe un vieux fourneau. Deux billots en bois portent les stigmates des différents cuisiniers qui se sont succédé ici au fil des siècles. Des casseroles en cuivre sont suspendues à des crochets sur le mur. Et de la vieille vaisselle en céramique décore les étagères d'un meuble ancien, joliment peint avec des fleurs.

— Ma tante a fait venir une entreprise de nettoyage l'autre semaine. Apparemment, ils en ont chié pour tout remettre au propre.

— Tu m'étonnes, marmonne Norman.

— J'espère que tu nous raconteras l'histoire de cette baraque, ce soir, dit Jason à Chucky.

— Ça marche. Bien que je ne sache pas grand-chose, au final.

— Nous nous en contenterons, nous déclare Michael depuis le seuil.

Les minutes suivantes, j'aide Chucky à tout ranger, pendant que les autres vident nos véhicules. Dans la joie et la bonne humeur. Il faut dire que la perspective de partager une super soirée nous motive.

L'un après l'autre, mes amis disparaissent à l'étage et investissent les chambres. De mon côté, je ne suis pas pressé. J'arpente les différentes pièces du rez-de-chaussée en silence. L'ambiance ici est… particulière. D'instinct, je m'étreins moi-même. Je n'ose rien toucher, car tout me semble précieux ou fragile. On dirait un musée où le temps s'est figé.

Je visite d'abord une petite bibliothèque avec un bureau en son centre. Je pioche un livre au hasard, et le feuillette, il s'agit d'un ouvrage sur la culture du coton. Logique, vu où nous nous trouvons, à savoir en plein cœur de cette Amérique qui remplit les livres d'Histoire. Les Blancs n'ont pas inventé l'esclavage, certes, cependant notre société contemporaine paie toujours les pots cassés de cette période sombre. Du coup, j'éprouve un certain malaise devant les tableaux représentant le quotidien des esclaves dans les champs, avec les contremaîtres arborant des fouets. Les conditions de vie de ces esclaves étaient vraiment horribles. Ainsi va le Monde. Notre Histoire est jonchée de ce schéma récurrent oppresseurs-oppressés. Pour quelqu'un ouvert d'esprit comme moi, c'est compliqué à comprendre.

Sous mes yeux, s'étale toute la vie d'une lignée. Les portraits sont dispersés dans chaque pièce. Je suis dans le grand salon lorsque je tombe sur celui d'une femme. Une chape de froid s'abat alors sur moi et une vague de chair de poule me saisit de la tête aux pieds. Ma réaction épidermique m'étonne et je lève une main vers le cadre. Je ne me trompe pas ! Je sens réellement un froid ! Ma gorge se serre.

— Qu'est-ce que tu fiches ?

Oh putain ! Je sursaute fortement.

— Jason…

J'ai la main sur le cœur, tellement il bat avec frénésie. Tranquillement, mon meilleur pote me rejoint, les mains dans les poches.

— Tu m'as foutu les jetons, merde, Jay !

— Tout seul, cinq minutes, et tu flippes comme un gosse.

Il fait semblant de chouiner et se plante à ma gauche.

— Raconte.

Je lui désigne d'un geste du menton le tableau où une femme trône, sagement assise dans un fauteuil. Seule. Elle porte une de ces robes à baleines avec corset du XIXe siècle, voire antérieur. Ce qui me dérange, c'est son petit sourire narquois en coin. Typique, chez un despote assuré de son ascendance sur son entourage. Ses cheveux marron bouclés sont regroupés en un chignon très sophistiqué, strict.

— Elle me fait froid dans le dos, confessé-je à voix basse, honteux de ma couardise.

Jason empoigne ma nuque avec rudesse.

— Au lieu de faire ta chochotte, va donc t'installer. Croise les doigts pour que Carrie ne vide le ballon d'eau chaude, ricane-t-il.

Il tapote mon épaule et je m'éloigne sans réclamer mon reste. Je suis empreint d'un certain malaise persistant que je ne m'explique pas.

Je croise IT et Michael dans l'escalier, après avoir récupéré mon bagage.

— Hey, les gars.

— Si je ne me trompe pas, me dit IT, la première chambre à gauche est encore libre.

— OK, merci.

Je regarde subrepticement Michael et rougis quand il me prend en flagrant délit. Je m'arrête en haut et contemple la belle vue depuis mon perchoir. Le damier noir et blanc en marbre qui recouvre le sol ressort divinement. La maison revendique prétentieusement son opulence d'antan. Je tapote la rambarde avec le plat de ma main. J'ai survécu dans le métro new-yorkais, alors… j'en ai vu d'autres !

Je trouve la chambre libre.

— Personne ne l'a prise ?

Vu le grand confort de celle-ci, je m'interroge de façon légitime sur la qualité des autres. Je jette mon sac sur le grand lit double et ressors. Je suis Jason dans celle d'en face, au moment où il y entre.

— J'ai oublié mon portable. Ah.

Il l'aperçoit sur une commode et le récupère.

— Il n'y a pas de réseau, je vais voir ce que ça donne ailleurs dans la maison.

— Sérieux ?

Alarmé par cette scandaleuse information, j'extirpe aussitôt le mien de ma poche arrière.

— Oh bordel.

Je blêmis. Nous savoir coupés du reste du Monde m'effraie complètement. En citadin digne de ce nom, je vais mourir sans connexion Internet ! Ni téléphone !

Jason s'esclaffe devant ma tronche bouche bée.

— Toi qui te targues souvent d'être capable de ne plus poster de selfies toutes les cinq minutes, sauf que personne ne t'a jamais vu le faire. Maintenant, nous verrons si tu mentais ou non.

— Jason…

— Et puis ça te fera du bien de sortir de ta zone de confort. T'es vachement pantouflard, mon pote.

— Jason ! cinglé-je.

Il se fige, surpris par mon éclat de voix et mon air sérieux.

— J'ai un mauvais pressentiment, annoncé-je de but en blanc.

— Quoi ?

Il s'efforce de le prendre à la dérision, toutefois je ne flanche pas.

— J'ai un mauvais pressentiment. Cette baraque…

Il souffle puis me dépasse et s'arrête sur le seuil.

— Ne dis pas n'importe quoi. En plus, tu n'as aucune intuition. Neuf fois sur dix, tu te plantes.

Je suis en colère, mais je ne le montre pas. Je me pince les lèvres. Suis-je trop alarmiste ou est-ce lui l'inconscient ?

Je prends une minute pour recouvrer mon calme, puis je longe le couloir et découvre les autres chambres. Je situe la salle de bain, malheureusement occupée.

— J'ai presque terminé, déclare Norman.

— Je serai le prochain, proclamé-je à qui peut l'entendre.

Carrie sort alors de sa chambre.

— Cet endroit est une tuerie ! J'aimerais déjà y revenir plus tard.

— Tant mieux pour toi, chuchoté-je. Moi pas.

Je reviens sur mes pas et abandonne Carrie au bout du couloir.

— Tu ne m'as même pas félicitée sur mon déguisement.

Je l'examine et me creuse les méninges. Elle porte une robe de soirée rouge haute couture avec une large ceinture noire, d'énormes lunettes de soleil sont accrochées à son col. À ses pieds, des Stiletto impeccables. Mais surtout, elle a un épais manteau en fausse fourrure blanche et noire.

— Ça m'évoque quelque chose, mais j'hésite entre Anna Wintour et…

— Attends.

Elle sort une perruque noire d'un côté et blanche de l'autre, et l'enfile rapidement.

— Si elle ne tenait pas aussi chaud… Quoique, je serai contente de l'avoir ce soir, vu comment on se les caille ici.

— Michael et IT parlaient d'allumer un feu, tout à l'heure, lorsque je les ai croisés dans l'escalier.

— Cool. Alors ?

— Jamais Cruella d'Enfer n'a autant eu le swag, chérie, déclamé-je.

— Merci, chéri.

Elle carre fièrement les épaules et descend les marches sur ses talons hauts telle une reine. Je l'adore.

Cette fois, je m'accorde le temps de visiter ma chambre, avec ses imposants meubles en chêne, son miroir psyché usé sur pied. Sur un guéridon est posée une haute cloche en verre renfermant un bouquet de fleurs séchées ayant perdu toute couleur depuis des lustres. Le papier peint, lui aussi défraîchi, tient encore sur les murs, par je ne sais quelle sorcellerie vaudoue. Un petit lustre circulaire à pampilles transparentes pend au plafond.

J'appuie sur son interrupteur et les ampoules clignotent à deux reprises avec un bruit douloureux avant de s'allumer pour de bon.

— OK… articulé-je avec prudence.

Mon regard tombe ensuite sur les cadres photo alignés sur la cheminée. Elles représentent la même personne à divers âges, sur environ une trentaine d'années, depuis les années 80, si j'en crois les habits. Quelle est son histoire ?

C'est étrange d'être chez quelqu'un dont on ignore tout. J'ai l'impression d'être un squatteur. De déranger un lieu qui ne souhaite pas forcément notre présence intruse.

Encore une fois, j'ai la chair de poule.

Je me secoue et rassemble des affaires, direction la salle de bain.

3 : Halloween

Une demi-heure plus tard, j'effectue mon entrée en tant que Michael Jackson – non, je ne suis pas noir et je ne lui ressemble pas – dans le salon. Le pantalon taille basse rouge moulant mon cul, et le léger blouson en cuir rouge qui est la réplique exacte du sien dans Thriller, sont le déguisement idéal pour cette Halloween dans une maison effrayante. Il m'a suffi de ne pas lisser mes boucles châtains. J'ai même les mocassins noirs vernis et les chaussettes d'un blanc immaculé. Je suis paré !

— Oh wow… s'exclame Carrie dès qu'elle m'aperçoit.

Je m'incline devant elle, tel un comédien à l'issue de sa représentation théâtrale.

— Merci, merci, dis-je avec la douce voix de l'ancien Roi de la Pop et saluant d'un geste de la main une foule imaginaire.

— Tu sais faire le moonwalk, au moins ? me demande IT.

— C'est pas Billie Jean mais Thriller, précisé-je.

— Ramène pas ta science, rouspète-t-il, amusé.

Je prends aussitôt la pose, avec mon chapeau imaginaire que je tiens d'une main, tête baissée, pendant
que de l'autre je pointe IT du doigt. Je me mets de profil
et un instant me hisse sur la pointe des pieds. Déjà, Carrie me siffle. Oh, je ne suis pas un bon danseur, mais
un spécialiste en esbroufe. Je ne connais que quelques
pas qui me servent à faire mon malin en soirée. La plu-
part du temps, Jason me reproche de danser avec un
balai dans le cul. Le comble, pour un gay, ah ah...

Et puis, j'accomplis un moonwalk magistral sous
leurs applaudissements. Je suis stoppé dans ma dé-
monstration par un mur de muscles.

— Ouh là...

Je me retourne et tombe sur Michael – pas Jackson
bien entendu – et son beau sourire.

— Pas mal, Freddie.

— Pardon.

Je me trouve tout con, à jouer à l'idiot devant lui.
Quoique, je resterais volontiers avec ses larges mains
sur mes épaules et son torse contre mon dos.

Je m'écarte à regret, il agrippe une de mes grosses
boucles.

— J'aime bien tes cheveux au naturel.

Inconsciemment, je grimace. À titre personnel, si j'avais eu le choix dans le ventre de ma mère lors de la construction de mon ADN, j'aurais pris l'option *sans boucles*. « Des boucles, Freddie ? » « Non, merci. » Hélas… Je perds un temps fou avant chaque sortie à les lisser en espérant que l'air ne soit pas humide ou qu'il ne pleuve pas. Même au sein de ma propre famille, je constitue une bizarrerie. Ma mère se rappelle vaguement avoir eu un cousin éloigné avec cette particularité. Plus jeune, on me faisait chier en m'accusant de les friser, ce qui est totalement faux. Pour ces abrutis, j'étais la pédale permanentée. Bande de connards… Comme si cela allait de pair. Certains hétéros se font aussi friser les cheveux, que je sache.

Par conséquent, je me trouve encore plus con après son compliment.

— Merci.

Carrie m'adresse des coups de langue salaces et je la fusille du regard. Et puisque mon public en redemande, je leur offre encore un peu de moonwalk vers la sortie.

La déco du salon est déjà installée. Chucky est venu avec une espèce de projecteur boule à facettes qui balance des formes orange sur les murs et le plafond : des citrouilles, des fantômes, des profils de sorcière au nez crochu, des croissants de lune. C'est vraiment sympa. On croirait qu'elles dansent en tournant dans la pièce.

Quant à la sono, notre hipster Norman s'en charge. Il nous a compilé des playlists pour tous les goûts, et pas uniquement de la house dont il est friand. Il a fiché son smartphone sur son enceinte qui remplit désormais tout l'espace avec sa musique.

— Attends, m'interpelle Michael alors que j'ai avancé dans le couloir.

— Oui ?

— Peux-tu nous allumer un feu, s'il te plaît ? Nous n'y sommes pas parvenus avec IT, tout à l'heure.

— Et il commence à peler, n'est-ce pas ?

— Ouais.

Le pro du barbecue entre en scène. Nous nous connaissons si bien, que les petits talents et défauts de chacun ne sont un secret pour personne.

Je rebrousse donc chemin et suis avec bonheur le popotin de Michael jusqu'à la cheminée.

— Mon déguisement ?

— Hein ? lâché-je.

— Que penses-tu de mon déguisement ?

Où avais-je donc la tête pour ne pas remarquer son accoutrement de… ?

— Le nom du catcher m'échappe, désolé. Le gars qui sort des cercueils.

— L'Undertaker, claironne-t-il tel un véritable fan.

J'adore ce mec. Vraiment. En vérité, je l'avais reconnu, cependant je ne voulais pas me priver du plaisir de le voir jubiler en le proclamant. Il porte des fringues moulantes noires, des bottes hautes, un long manteau en cuir qui doit peser une tonne et un chapeau à large rebord. Il est *parfait*. Parfaitement sexy.

— Tu es très bien, dis-je d'une voix que j'espère calme.

— Merci.

Avec ses deux mètres de haut, mon avocat fiscaliste préféré incarne à merveille le catcher mondialement réputé. Je m'arrête près d'IT, adossé contre le manteau de la cheminée.

— Tu n'as rien trouvé de mieux qu'une tenue de docteur ? raillé-je.

Il me brandit une canne, agrémentée d'un juron bien épicé.

— Docteur House ?

— T'as tout pigé, mon petit mouton.

Je lui pince la jambe, tandis que je m'accroupis au bord de l'âtre. Je vérifie d'abord que le clapet d'évacuation est ouvert. Il est inutile de tous nous intoxiquer et tuer au gaz carbonique ce soir.

Docilement, j'accomplis sûrement mon unique tâche et contribution aux préparatifs de cette fiesta. En moins de dix minutes, un joli feu crépite, et sa chaleur se répand rapidement parmi nous.

Carrie se lève de son fauteuil en se délestant de son épais manteau de poils et m'embrasse sur la joue.

— Je t'aime. Oublie les hommes et épouse-moi.

Je me fige lorsque Michael nous dévisage une seconde avant de s'écarter de nous d'un air grognon.

— Oups, me chuchote-t-elle.

Michael et elle sont sortis ensemble, il y a quelques années. Parfois, leur relation est tendue. J'évite d'y fourrer mon nez. Carrie est la seule de ses ex que j'ai appréciée. Bien que je me sois senti trahi quand ils se sont mis en couple, je ne lui ai jamais rien reproché. J'aurais agi comme un idiot. Michael ne m'appartient pas et ne m'appartiendra jamais. C'est ainsi.

— Freddie !

Jason déboule en tenue de John Travolta dans Saturday night fever. Avec pantalon à pattes d'éléphant, mais sans les chaussures à talons compensés. Dommage, ça aurait pu être drôle.

— Waouh… Tu ne portais pas cette tenue, tout à l'heure, constaté-je.

— Non, et j'ai dû me changer fissa, ricane-t-il. Justement… Nous avons besoin de toi dans la cuisine. Nous galérons avec le fourneau.

Je soupire avec exagération.

— C'est ça, le talent, me vanté-je éhontément. Je suis persuadé que vous m'avez invité ce week-end uniquement pour avoir sous la main un type qui sait allumer un feu. Bande de citadins ! raillé-je.

Entre-temps, Norman a disparu. Je le retrouve avec Chucky dans la cuisine, le nez dans le four.

— Aucun suicide ne sera toléré en ma présence ! crié-je.

Je suis content de moi, je leur ai fichu la frousse.

— Vous êtes irrécupérables. Vos pères ne vous ont donc rien appris ?

Oh merde ! La boulette ! Chucky me sourit tristement et je lui articule un *désolé* silencieux.

— Viens nous filer un coup de main, au lieu de raconter des conneries, peste Norman.

Je me penche près de Chucky et l'embrasse sur la joue.

— Allume cet engin, sinon nous devrons manger froid… et cru.

— Oui, ou tout cuire dans la cheminée du salon, annoncé-je.

— Pourquoi pas ? rit Chucky. Un peu comme un camping de luxe.

Depuis l'autre côté de la maison, nous entendons des éclats de voix et de rires. L'ambiance est déjà là.

— Jason m'a dit que tu étais sur les rotules.

— Ouais, confirmé-je.

Je hausse les épaules. Personne n'y peut rien. Nous manquons d'effectifs à l'hôpital.

— Quitter l'État était le meilleur moyen d'avoir la paix.

— Ils ne te dérangeront pas ici, nous n'avons aucun réseau.

— Oui, j'ai vu ça. Sans le savoir, j'ai bien fait de prévenir ma responsable avant mon départ que je serais injoignable.

— Si cela peut te rassurer, je l'ignorais aussi.

— Au pire, nous aurons la ligne fixe, dis-je tout en glissant la flamme d'une allumette près de la sortie du gaz.

Le four s'allume enfin, après quelques crachats d'air. Son tube étant plus gros, il est plus facile à purger que les brûleurs.

— Au pire ? répète Norman, amusé. Quel pire ?

— De toute façon, il n'y a pas de ligne fixe ici, ajoute Chucky.

La révélation me sidère un instant. Nous sommes donc coupés de tout. Littéralement.

— Et comment fait ta tante, quand elle séjourne ici ?

— Elle se rend en ville. Mais elle ne reste jamais plus de deux ou trois jours. Elle n'a pas hérité de l'endroit depuis longtemps.

— Stop, le coupé-je. Réserve-nous ton histoire pour tout à l'heure, OK ?

Je me redresse et ouvre l'un des brûleurs qui s'enflamme aussitôt.

— D'abord, préparez-nous à bouffer, ordonné-je. Je crève de faim.

— Au boulot, toi aussi, me dit Norman.

— Dans la limite de mes compétences, hein ?

— Oui, merci, nous nous dispenserons de tes horreurs culinaires. Même à Halloween.

Ils ne mentent pas, je suis nul en cuisine. Ce n'est pas faute d'avoir essayé d'apprendre. Me nourrir à la cafétéria du boulot me convient, ce qui est aussi plus pratique quand on manque cruellement de temps comme moi. Et si j'ai envie d'un café digne de ce nom, on trouve des Starbucks à chaque coin de rue. Que demander de plus ?

Ils se coordonnent avec l'aisance de l'habitude. Norman passe plus de temps chez Chucky que chez lui. Un peu comme Jason et moi, même durant son court mariage. Lorsque son ex l'a mis à la porte, il s'est rendu directement à mon appartement. J'ai découvert ses cartons dans mon couloir, à mon retour. « Hey, bébé ! Devine quoi ? m'a-t-il interpellé depuis le salon sans se retourner. Elle m'a dit qu'elle en avait marre d'être avec un bon à rien et elle m'a foutu dehors ! C'est terminé, cette fois. » Il a beaucoup pleuré, cette nuit-là. Je l'ai écouté sans rien dire, parce que je savais que le lendemain il en aurait pris son parti et n'en parlerait plus. Ce qu'il a fait. Bravement. Je suis dans l'intellect, alors qu'il est dans l'action. Notre amitié fonctionne justement grâce à ça. Il est mon frère de cœur, tout comme Chucky est celui de Norman.

Je sors les ingrédients du frigo.

Puis, je m'en vais une fois qu'ils me remercient et me congédient. Amen.

Dans le salon, l'apéro a déjà commencé. Carrie tient en main un Martini avec olive.

— Puisque ma meilleure amie n'est pas venue, tu es officiellement ma Samara, ce soir, chéri.

— Chouette ! éructé-je. Je suis promu. Où est ma bière, les gars ?!

Samara est sa meilleure amie. Une foldingue qui a renommé notre groupe : les tueurs. Un soir de Nouvel An, elle a remarqué que nos noms ou prénoms appartenaient tous à des héros de films d'horreur. Du coup, je suis passé de Fred à Freddie. Merci, Freddie Krueger… Et vu que je suis infirmier, je suis *les scalpels de la nuit*. Ce réveillon a été carrément dément, je m'en souviens encore très clairement. Michael m'avait invité à danser. Il ne m'avait pas libéré avant la fin de la troisième chanson. J'étais aux anges.

La semaine suivante, il s'était mis avec sa plus longue relation à ce jour. Une interminable descente aux Enfers pour moi.

Jason me fourre une bière dans la paume.

— Je veux tes cheveux, me balance-t-il de but en blanc.

Je me méfie, je connais l'animal. Quelle vacherie me concocte-t-il ? J'attaque donc le premier.

— Si c'est pour camoufler ta calvitie précoce, je veux bien.

Il ouvre une bouche aussi ronde que celle d'une poupée gonflable et rit jaune. *Oui, vieux, je viens de te moucher avec maestria.*

— Espèce d'enfoiré, va.

Je l'embrasse à distance.

— Carrie, se plaint-il. Dis-moi qu'il a tort.

— Baisse la tête, lui ordonne-t-elle.

Jason obtempère, plein d'espoir.

— Non, t'es foutu, rétorque-t-elle en moins de deux secondes.

— Putain, je vous hais ! s'agace Jason qui nous abandonne en nous maudissant.

— Je savais que tu serais une parfaite Samara, me complimente-t-elle.

— Merci.

Dès que nos cuisiniers nous rejoignent, une demi-heure plus tard, la vraie fête débute. Chucky a pensé à ouvrir toutes nos portes de chambre afin que la cheminée les réchauffe également. Quel hôte (temporaire) prévenant.

Nous avons englouti le plat principal, à savoir du rosbif, quand un détail me revient.

— Au fait, Chucky… Et si tu nous racontais finalement l'histoire de cette maison glauque ?

— Tu la trouves glauque ? me demande IT.

— Pas vous ? répliqué-je, étonné.

— Tout à l'heure, Freddie était carrément figé devant le tableau, là-bas, dit Jason mort de rire en désignant le portrait de l'étrange femme.

Les autres se marrent bien sûr. J'encaisse leurs railleries avec dédain.

— Franchement, j'ai senti comme un courant d'air froid en la regardant.

— Ah ouais ? me dit Michael aussi moqueur que les autres.

— Bon, pesté-je, agacé. Chucky, nous t'écoutons.

— Si vous voulez… Ma tante Debra a hérité cette propriété d'une vieille tante éloignée qui n'avait pas d'autre ayant droit. Cette dernière y a vécu jusqu'à sa mort, il y a deux ans, je crois. Le temps de régler la succession, la maison est demeurée inhabitée. À peu près une année. Ma tante voudrait la conserver, mais c'est loin de tout et elle ne se sent pas à l'aise ici.

— Qu'est-ce que je vous disais ? insisté-je. Il pourrait nous arriver n'importe quoi, que personne ne le saurait. Ne me dis pas que la vieille tatie a été retrouvée des mois après sa mort, momifiée dans son lit, par pitié…

— Cherches-tu à nous faire flipper ? me demande Norman.

— Eh ben… Ce serait de circonstances, non ? C'est Halloween, après tout.

J'ai beau jouer au brave, je n'en mène pas large. Et très probablement moins qu'eux.

— Bien, bien, bien… intervient Carrie. Qui d'entre nous remportera la palme de l'histoire la plus effrayante ?

De courts échanges de regards amènent chacun à entrer dans le challenge.

— Hep, minute ! Je n'ai pas terminé, annonce Chucky.

— Vas-y, lui accorde-t-elle. Mais après, ce sera notre tour.

Chucky patiente d'avoir notre entière attention avant de reprendre.

— Ma tante a essayé d'identifier les personnes en photos dans les chambres.

Je me rappelle alors celles dans la mienne, datant d'au moins trente ans.

— Elle n'a pu en identifier aucune. De plus…

Il s'interrompt et balance une bombe.

— Il y a exactement le même nombre de tombes sans plaque dans le cimetière à l'arrière du jardin que de jeunes femmes inconnues sur les photos. Si vous voulez mon avis, il y a quelque chose de pas clair là-dessous.

J'ai un hoquet nerveux. Jason tapote doucement mon dos.

— Des tombes dans le jardin ? répété-je.

— Oui, tu sais… Nous sommes dans une ancienne plantation. Elle possède sa propre chapelle et un cimetière. Au nord, je crois. Ma tante m'a donné un plan du domaine, il est dans la cuisine. Les terres agricoles sont vendues depuis des décennies. Il ne reste que cette propriété.

— Qu'en pense la Police ? l'interroge Michael.

— Rien. Ma tante n'a pas eu le courage de leur soumettre ses doutes. Les fouilles prendraient des mois. Ils retourneraient chaque recoin de la propriété en quête de dépouilles qui n'existent peut-être pas. Ma tante mettra tout en vente au début de l'année prochaine. Mon oncle et elle souhaitent obtenir un apport afin d'acheter à Boca.

Boca Raton, en Floride. Le paradis du troisième âge américain, ah ah…

— Ah… gémit Norman. Les vieux…

— Pas mal de choses ont de la valeur ici, révèle Carrie. Que ce soient les meubles ou les œuvres d'art.

— Oui, approuve Chucky. Elle voulait mon avis à ce sujet, justement. Ce voyage était l'occasion parfaite pour notre escapade.

— Et nous t'en remercions, dit Jason.

Nous levons nos verres et trinquons.

— J'ai l'histoire qui cadre parfaitement avec cet endroit, nous annonce IT.

— Cool, nous t'écoutons !

Avant d'aller nous coucher, au milieu de la nuit, nous ramenons tout ce qui traîne en cuisine, puis nous nous souhaitons une bonne nuit et nous isolons dans nos chambres.

Un quart d'heure plus tard, je toque à la porte de Jason.

— Entre.

J'ouvre, emmitouflé dans la couette.

— Que t'arrive-t-il encore ?

— J'ai froid.

— Et ta cheminée ?

Il m'indique la sienne avec la main, allumée.

— Elle refuse de s'allumer, pesté-je. J'en ai marre… Je veux dormir, me plains-je.

— Toi, tu as échoué à l'allumer ? me demande-t-il, hautement incrédule.

Je réponds avec un grognement disgracieux. Il soupire bruyamment et se recouche.

— Viens. Nous y regarderons de plus près. Mais demain, OK ? Là, je n'ai plus la force.

— Dieu, merci, soufflé-je, refermant derrière moi et me précipitant vers lui.

Je me déleste de ma couette au bord du lit, au profit de la sienne. Je me niche dans son dos, il ne réagit même pas, et se contente d'éteindre la lampe de chevet.

— Bonne nuit, mon petit mouton.

— Bonne nuit, connard, rétorqué-je, ronchon.

Il ricane et nous nous endormons.

4 : Un réveil et du sang

Samedi 1ᵉʳ novembre, la Toussaint

Nous sommes réveillés par un cri, suivi de nombreux bruits de pas pressés à l'étage, et des coups sur notre porte de chambre.

— Jay ! Carrie et Freddie ont disparu !

Mon meilleur ami tend aussitôt la main vers moi, sous les draps, et je le sens soulagé que je sois toujours là.

— C'est quoi, ce bordel ? marmonne-t-il.

— Aucune idée.

Nous allons nous lever lorsque la porte s'ouvre à la volée.

— Jay… Freddie ?

J'adresse un signe de la main à Chucky qui paraît choqué de me voir là. Néanmoins, il se ressaisit vite.

— Tu es là, merci, mon Dieu ! Hey, les gars ! Freddie est avec Jay ! Carrie a disparu et il y a du sang partout dans sa chambre. Genre… Beaucoup de sang.

J'échange un regard entendu avec Jason. Nous ne sommes pas dupes, cependant nous sortons du lit et le suivons dans l'une des chambres du bout. Nous commençons à le prendre au sérieux quand nous trouvons les autres autour du lit vide de notre amie.

Je pâlis, debout, en boxer et pieds nus. Je porte une main sur ma bouche. Les autres sont dans le même état.

Il y a une énorme flaque de sang au milieu du lit ouvert.

— Que personne ne bouge ! ordonné-je dans un sursaut de lucidité.

— Tu te prends pour un flic ou quoi ? grogne IT qui arbore une magnifique marque d'oreiller sur la joue et des cheveux en crête.

— Non, je veux dire… !

Je me renfrogne, mon cerveau peine à réfléchir.

— Nous devons la retrouver ! Ne touchez à rien dans la pièce, au cas où la Police… Oui, nous devons les appeler.

Jason me dévisage comme si je venais de dire une connerie.

— Nan, mais attends, Freddie. À tous les coups, c'est une blague ! Hé ho, Carrie ! C'est bon, tu nous as bien eus, félicitations ! Maintenant, tu peux sortir et te montrer ! Ouais, elle était bien bonne, celle-là !

Chucky, qui paraît aussi préoccupé que moi, s'approche du lit et soulève le drap-housse.

— Je doute qu'elle aille jusqu'à ruiner une literie, juste pour une blague, dit-il.

— OK, OK ! Que personne ne bouge !

— Tu te répètes, se moque Norman.

— Non, je veux dire… Une minute, d'accord ?

Les rouages alcoolisés de mon cerveau sont pires à chauffer qu'un moteur diesel. Je rame…

Chacun patiente que Carrie surgisse de n'importe où. En vain. Seul le silence pesant de cette maison nous répond.

De mon côté, j'inspecte le sol.

— Cherchez des traces de sang autour de vous qui pourraient nous indiquer où elle est allée.

Chacun baisse le nez au sol.

— Il y a deux traces de pied, là, nous précise Michael.

— Restez où vous êtes ! Nous sommes trop nombreux dans cette pièce.

Je ne suis pas du genre directif, mais j'ai sûrement plus d'expérience qu'eux en la matière. Mes années aux Urgences m'ont enseigné deux ou trois choses. Et l'aspect sec du sang que je vois n'est pas pour me rassurer. De plus, vu sa quantité, j'ai du mal à envisager que la personne qui en a perdu autant soit encore en vie. Hélas. Une boule d'anxiété se loge dans ma gorge. Carrie… Que t'est-il arrivé ?

Je me déplace avec prudence de l'autre côté du lit et découvre deux empreintes, puis… plus rien. Comme si elle s'était volatilisée. *Sauf que* les gens ne se volatilisent pas de cette façon.

— Oh, mon Dieu, éructe Chucky avec une expression horrifiée.

— Quoi ? lui demande Jason.

— Hier soir… Elle m'a raconté avoir entendu des rires quand elle est montée ici la première, à notre arrivée. Mais elle n'avait pas l'air effrayée. Au contraire, elle ne l'a pas pris au sérieux !

— Qu'aurait-elle dû prendre au sérieux ? l'interroge Michael. Je ne pige pas.

— Nous ne sommes peut-être pas seuls dans cette maison, explicité-je d'un air sombre.

Nous échangeons des regards inquiets.

— Nous devons fouiller cette baraque, annonce IT avec conviction.

Nous sommes tous d'accord et commençons par cette chambre. En quelques secondes, nous sommes fixés. Carrie n'y est pas.

— Pour le moment, je vous déconseille de vous balader seul, OK ? Soyez au moins à deux, conseillé-je. Parce qu'il a fallu au moins deux personnes pour transporter Carrie, sans laisser de traces.

Ces mots sortent-ils réellement de ma bouche ? J'en suis le premier choqué. Et mes amis ne sont pas mieux. Dans un mouvement silencieux, nous nous dispersons dans le couloir.

Je suis Jason dans sa chambre. Il enfile les premières fringues qu'il trouve.

— Je vais chercher les flics, m'annonce-t-il.

— Et s'il s'avère qu'il s'agit d'une mauvaise blague ?

— Alors, tant pis. Mais nous ne pouvons pas demeurer ici et prendre le risque qu'un autre d'entre nous disparaisse.

Cela me désole de le reconnaître, mais il a raison. Par conséquent, je me tais. Je tourne les talons, désireux d'aller m'habiller. Mes tétons pointent à cause du froid et je crois bien avoir surpris les yeux de Michael posés sur eux, juste avant. Sur l'instant, je n'y ai pas prêté attention, car j'avais autre chose en tête, toutefois c'est assez flatteur, non ?

Je suis de retour dans ma chambre lugubre, et m'autorise un petit massage pectoral afin de les soulager un peu, avant de m'habiller à la va-vite.

Rapidement, les autres se rassemblent dans le couloir. Je les y rejoins, ils sont armés de tisonniers ou de chandeliers en métal. Bref, des armes de fortune.

— Les gars ! J'y vais ! nous déclare Jason.

— Attends ! l'arrête Chucky. Je vais te filer notre adresse exacte et la position GPS. Je reviens.

Il disparaît dans sa chambre, et nous remontons le couloir. Jason nous précède, tandis que nous descendons au rez-de-chaussée dans un silence stressant. J'ignore ce qui m'inquiète le plus : le fait qu'il n'y ait aucune autre trace de vie ou le fait qu'au contraire il y en aurait peut-être ? Les conséquences des deux hypothèses sont effrayantes.

Je dois me ressaisir. Notre priorité est Carrie !

Nous sortons, sur le perron, à l'affût de la moindre attaque.

— Veux-tu que je vienne avec toi ? proposé-je à Jason.

— Non, ça ira. Tu es infirmier. Si Carrie a besoin de soins ou des premiers secours, tu seras le plus à même d'entre nous de l'aider.

Il a raison, alors j'acquiesce, la gorge serrée.

Il embrasse mon front.

— Où sont les clés ?

— Dans le vide-poches, répond Michael.

Il se détourne pour aller les chercher, je le retiens.

— Pas la peine. Les clés de l'autre véhicule sont sur le tableau de bord.

— Sérieux ? me balance IT, choqué.

— Parce que tu savais que nous serions agressés ? lui rétorqué-je sèchement. Moi pas. Jason a refermé le portail derrière nous, hier.

Ibrahim écarte les bras, renonçant à débattre davantage sur la question.

— J'ai mon portable. Si j'ai du réseau avant d'atteindre la ville, je les appelle puis je fais demi-tour, compris ?

Nous lui souhaitons bonne chance et il déguerpit.

— Michael ! Je te confie Freddie !

— Pas de souci, il ne lui arrivera rien ! Je veillerai sur lui.

Malgré moi, je rougis bêtement. *Ce n'est ni le lieu ni le moment, Freddie !*

Je ne prononce pas un mot, tant que Jason n'est pas parti et ne s'est pas enfoncé dans les bois. Je récite une prière dans ma tête.

Je me sens… abandonné à un sort funeste. J'aurais préféré quitter cette maison maudite avec lui. Même si c'est injuste envers Carrie.

— Tu l'aimes, pas vrai ?

— Évidemment. C'est mon frère, réponds-je.

— Non, hum… Pas comme un frère, justement ?

Je lève le nez vers lui. Qu'insinue-t-il ?

Alors, Michael croit que je suis amoureux de Jason ? Quelle idée saugrenue…

— Non, ce n'est pas le cas.

— Pourtant, ça y ressemble, conclut-il en se détournant et franchissant le seuil.

Je dois fournir un effort surhumain afin de ne pas lui crier dessus. Il est blessant de s'entendre dire par la personne concernée qu'on en aime un autre. Je serre le col de mon manteau, agacé. Du coup, je manque de ne pas voir Jason rouler au loin, de l'autre côté d'une haie ayant perdu son feuillage automnal.

— Hey ! Hey ! hurlé-je, agitant les bras en l'air.

— Qu'est-ce qui se passe ? me questionne Michael revenu au pas de course.

— Regarde ! Il est parti dans la mauvaise direction ! Ah, c'est pas vrai ! pesté-je avec hargne.

Nous sommes effectivement venus de l'autre côté.

— Comment ai-je pu oublier qu'il n'a pas le sens de l'orientation ? Eh merde !

Nous aurions mieux fait d'envoyer quelqu'un d'autre. Avec son bol, Jason va tomber en panne d'essence au milieu de nulle part. Sans réseau.

— T'es sérieux, là ?

Nous nous dévisageons un instant. Michael s'efforce de ne pas se montrer amusé par la scène.

Je ne suis levé que depuis un quart d'heure et j'ai déjà envie d'aller me recoucher, me planquer sous une couette et tirer un trait sur ce cauchemar.

— Bon ! Au boulot !

Au moins, le jour s'est levé. Il ne subsiste qu'un fin manteau de brouillard s'élevant du sol.

Je tourne les talons et me rends dans le salon. Michael me talonne sans broncher.

— Il me faut une arme, annoncé-je. Et rassembler une trousse avec des compresses, des pansements et tout le toutim.

— Oui, chef, affirme-t-il derrière moi.

J'arpente la pièce dans tous les sens, à la recherche du moindre indice.

Rien.

Il n'y a rien d'anormal, par rapport à hier. Je m'arrête devant la cheminée et utilise le tisonnier pour éparpiller les cendres. Durant le temps nécessaire à relancer le feu et y mettre de nouvelles bûches, je réfléchis. J'ai l'atroce impression d'être passé à côté de quelque chose d'important.

Nous croisons IT et Norman au milieu du couloir. Je les arrête.

— Qui est entré dans la chambre de Carrie le premier ?

— C'est Chucky. J'étais dans la salle de bain.

— Là, nous allons revérifier nos chambres avant d'inspecter l'autre couloir.

— OK, leur dit Michael, concentré.

Je préfère taire l'erreur d'aiguillage de Jason et poursuivre jusqu'à la cuisine où Chucky se charge de nous couler du café dans la cafetière.

— Oh, génial, lâché-je. Si tu avais de l'aspirine, je t'appellerais Dieu.

Il sort un flacon de la coupe à fruits et l'agite avec un sourire.

— Merci, mon Dieu.

Je contrôle le dosage sur l'étiquette puis j'en prends deux comprimés que j'avale avec une longue gorgée d'eau.

— Veux-tu que je nous prépare un sandwich ? me propose Michael.

— Merci. Tu serais un ange.

Je lui balance mon sourire le plus innocent, auquel Michael semble hermétique, vu son manque de réaction, et je m'excuse auprès d'eux.

— Je reviens.

Je vais de l'autre côté du couloir où je trouve ce que j'avais aperçu la veille, à savoir de courtes épées suspendues en croix au mur sur un bouclier en acier. J'en saisis une et teste sa solidité. Elle mesure environ la longueur de mon avant-bras, elle est parfaite.

— Ça va le faire, dis-je, réjoui d'avoir un moyen de défense contre un ou plusieurs agresseurs non identifiés.

Je détache la seconde et retourne en cuisine avec mon butin.

— Wow, éructe Chucky. Où est-ce que tu te crois ?

— Je vais être franc avec vous… Je n'ai rien dit plus tôt, mais la quantité de sang que Carrie a perdu est mauvais signe. Sans parler qu'il est déjà partiellement sec. Dans son état, sans soins d'urgences, elle…

Les mots meurent dans ma gorge, tellement je refuse de vivre d'autres soirées comme celle de la veille sans elle.

— OK, dit Chucky. Nous avons compris. Maintenant, que faisons-nous ?

— Nous croisons les doigts pour que Jason revienne au plus vite avec du secours. En attendant, nous devons la retrouver. Coûte que coûte.

— Mec, tu m'impressionnes, m'adresse Michael, la bouche pleine.

Il me tend l'assiette avec l'autre sandwich. Il ne s'est pas fait chier, il a foutu une couche de beurre de cacahuète entre deux tranches et basta. Néanmoins, je dois manger. Nous allons brûler des calories, aujourd'hui.

— La seconde épée est pour toi, mon frère d'armes.

— Oh cool… Merci.

De son côté, Chucky sort un long couteau d'un tiroir.

— Wow ! Ne va pas te blesser avec cet engin, OK ? lancé-je. D'ailleurs, y a-t-il une pharmacie dans cette maison ?

— Dans la salle de bain.

— Entendu, dis-je. Dis Chuck… Pourquoi es-tu allé dans la chambre de Carrie ? Enfin, si je peux te poser la question, évidemment.

Il avale son morceau de pomme.

— Je sortais de la salle de bain…

Instinctivement, j'échange un regard de connivence avec Michael.

— Et j'ai vu sa porte ouverte. Vous la connaissez, dès qu'elle est debout on n'entend qu'elle. Alors, j'ai trouvé ça bizarre. Ou alors, elle était déjà descendue. J'ai juste poussé la porte, vu que la cheminée était éteinte. Je lui ai demandé si elle n'avait pas froid. Après avoir allumé le plafonnier, j'ai aperçu tout ce sang et… j'ai hurlé.

Sachant que les mots qui sont sur le point de sortir de ma bouche sont quelque peu gênants, je me gratte le nez.

— Hum…

Chucky remarque mon embarras et me fixe une seconde.

— Qu'est-ce que t'as ?

— Vois-tu… Norman aussi nous a affirmé sortir de la salle de bain, alors…

Notre ami se fige, piégé. Va-t-il nous répondre honnêtement ou s'agacer et nous pondre une excuse bidon ? D'un côté, je préférerais ne pas douter d'eux. Mais ils sont fraîchement douchés, et comme par hasard c'est Chucky qui découvre la disparition de Carrie.

— Est-ce que tu insinues que l'un de nous s'en est pris à elle ?

Merde. Il esquive. En général, ce n'est pas bon signe. À moins que je mate trop de séries policières. Ce qui est fort probable.

— Chucky…

Michael abat sa main à plat sur le billot et nous sursautons.

— Il n'insinue rien, voyons. Cesse de te braquer et réponds simplement à sa question, s'il te plaît. Aide-nous à comprendre, nous devons retrouver Carrie au plus vite.

Chucky soupire bruyamment.

— Eh bien…

À contrecœur, il finit par lâcher le morceau, ou plutôt balancer un énorme pavé dans la mare.

— Norman et moi…

— Waouh, éructé-je.

— Quoi ? nous demande Michael.

— T'es sérieux là ? interrogé-je Michael à mon tour. Tu ne peux pas lire entre les lignes là ?

— Nous sommes amis *avec bénéfices*, confesse Chucky du bout des lèvres.

Je lève une paume vers lui. J'en ai assez entendu. Je me souviens très clairement de ses remarques parfois désobligeantes sur la gay pride. Maintenant, je comprends mieux.

— Passons. Que vous ne vous assumiez pas ne me concerne pas. Carrie d'abord.

Il n'est visiblement pas très content de mes accusations. Tant pis pour lui.

— Étiez-vous les premiers debout ?

— Oui, répond Chucky. Euh… Non ! Je suis certain d'avoir entendu quelqu'un prendre une douche, cette nuit. Ma chambre est collée à la salle de bain.

— As-tu une idée de l'heure ?

— Pas du tout.

— C'est peut-être moi, articule lentement Michael.

Chucky et moi nous tournons donc vers lui.

— Oh, mince, mon tour est venu d'être suspecté, n'est-ce pas ? J'ai somnolé sur le lit, après que nous nous sommes séparés, cette nuit. Désolé, je n'ai pas regardé l'heure. Je suis allé me doucher, puis je me suis couché.

— Avez-vous croisé ou entendu qui que ce soit ?

Je les vois fouiller leur mémoire.

— Non, répond Michael.

— Non plus, confirme Chucky. Désolé.

— Ce n'est pas grave.

— Et toi ? m'interroge Michael.

— Moi quoi ? dis-je, étonné. Un quart d'heure après nous sommes montés, j'ai renoncé à essayer d'allumer ma cheminée. C'était peine perdue.

Bien sûr, ils éprouvent des difficultés à me donner le moindre crédit.

— Si, insisté-je. J'ai donc rejoint Jason. En moins de deux minutes, nous ronflions. Nous avions trop bu pour discuter.

— Discuter, hein… répète Michael à voix basse.

Je décide d'ignorer ses insinuations.

— Allons-y, lui dis-je, le fusillant du regard.

Je coince mon épée dans la ceinture de mon pantalon rouge – celui d'hier soir.

— Où allons-nous, chef ?

— La salle de bain, annoncé-je après avoir englouti le dernier morceau de mon maigre sandwich.

— OK.

— Chucky, ne reste pas isolé trop longtemps, s'il te plaît.

— Ça marche.

5 : Les recherches – la cave

Après avoir constitué avec Michael deux kits sommaires contenant des produits de soins, nous en conservons un et donnons l'autre à IT, Chucky et Norman qui forment l'autre groupe.

L'heure suivante s'écoule avec une lenteur qui me tue à petit feu. Plus le temps passe et moins je crois à une blague. Entre Jason qui ne revient pas et Carrie qui demeure introuvable, il nous est difficile d'entretenir cette petite flamme dans nos cœurs rêvant d'un dénouement heureux. Pendant que les autres fouillent l'étage, Michael et moi nous chargeons de l'aile droite du rez-de-chaussée.

— Quelle est l'utilité d'avoir des salles à manger et des salons de toutes les tailles, franchement ?

Il s'esclaffe à ma question pourtant pertinente.

— J'en sais rien. Il y avait peut-être un séjour réservé aux enfants, un autre pour tous les jours et un troisième lors des grandes réceptions. Et pareil avec les salons.

— Le paradis des araignées et des rats, si tu veux mon avis, ironisé-je.

Au moins, cette aile a été nettoyée par la société embauchée par la tante de Chucky. Contrairement à l'étage, où la première rencontre d'IT dans l'aile droite avec une toile d'araignée nous a causé une belle frayeur. Il a gueulé si fort qu'il a failli gober l'insecte lui-même. Nul doute qu'il a fait fuir tous les fantômes vivant ici. Et ceux dans un rayon de dix kilomètres, d'ailleurs, ah ah… Il vaut mieux en rire, après le sprint que Michael et moi avons piqué afin de leur porter secours en croyant qu'ils subissaient une attaque de la part des monstres qui s'en sont pris à Carrie.

J'ai ôté avec soin tous les fils sur son visage et ses yeux, puis j'ai rejoint Michael, assis sur la première marche. Il avait l'air bouleversé. Cette mésaventure nous impacte tous à différents niveaux. Il tente d'encaisser sans broncher, mais je perçois son stress.

Une fois que nous avons terminé, nous appelons les autres depuis le bas des escaliers.

— Venez ! nous hurle Norman. Nous avons peut-être trouvé un truc !

— Un truc ? répété-je à voix basse à mon camarade de galère.

Nous montons rapidement. Les trois autres se tiennent devant une porte ouverte. À leur tête, je devine que quelque chose les perturbe.

— Qu'est-ce que vous faites, plantés là ?

— Bah, regarde par toi-même.

L'encadrement est obstrué par un mur opaque de toiles d'araignées.

— J'ai percé un petit trou pour que nous puissions jeter un coup d'œil, avant de tout arracher, nous dit Chucky.

— Et ? demande Michael.

Le voile est si dense que rien ne peut passer à travers sans le déchirer. IT fiche sa lampe torche dans le premier trou et j'observe dans le second. Mon cœur manque un battement.

— Comment est-ce possible ?

— Là est la question, me dit Norman.

— Ces pièces communiquent-elles entre elles ?

— Pas celles que nous avons parcourues, en tout cas, répond Chucky, blême.

Au milieu de la chambre d'enfant, un couteau fraîchement ensanglanté gît, abandonné à son triste sort.

— Je… Je commence à flipper, nous avoue IT.

J'inspire longuement.

— Bon. Écoutez. Les fantômes ne tuent pas les gens, croyez-moi. Et pourtant, j'ai assisté à des scènes affreuses durant mes années aux Urgences, mais vous pouvez me croire sur parole quand je vous affirme que seuls des vivants sont capables d'en tuer d'autres. Alors… Aussi bizarre que soit cette putain de journée, il y a quelqu'un – au singulier ou au pluriel, nous l'ignorons – qui s'amuse à nous rendre cinglés.

— La vache… Tu as des nerfs d'acier, Freddie.

— Il se produit des choses étranges dans cette baraque, c'est indéniable, continué-je. Mais j'ai surtout mal de savoir Carrie toute seule quelque part.

— Et s'ils étaient repartis avec elle ? suppose Michael.

— Elle est grièvement blessée. S'ils étaient venus dans le but de l'enlever, ils ne l'auraient pas fait, parce qu'ils avaient besoin d'elle en vie. S'ils étaient venus la tuer, ils auraient laissé le corps sur place. Enfin, selon ton raisonnement. Néanmoins, le fait qu'ils l'aient déplacée vise à nous faire perdre du temps, et eux à en gagner. Ce qui implique qu'ils sont encore dans le coin. Et qu'ils n'en ont probablement pas fini avec nous. Enfin… Ce n'est que mon point de vue. Je peux me tromper.

Mes déductions les laissent pensifs, et j'en profite pour déchirer le voile de toiles qui nous obstrue le passage. Michael, pourvu de la seconde lampe, assiste IT à nous éclairer la pièce.

L'endroit me file la chair de poule. Avec mon épée je me fraie un chemin jusqu'à la fenêtre.

— Cette chambre est la pire de toutes, dit Chucky.

— C'est-à-dire ? demandé-je.

— Je parle des toiles d'araignées. Les autres en ont évidemment, toutefois pas autant.

— On dirait que cette chambre est restée inoccupée depuis plus longtemps que les autres, non ? dit Norman.

Personne ne peut le contredire. Le mobilier, déjà, paraît plus ancien. D'un siècle différent. Dans un berceau juché sur des pieds de rocking-chair, une poupée en chiffons fanée représente une femme noire en tablier et fichu sur sa tête. Ses cheveux sont en laine. Je suis soudain atteint par une profonde tristesse.

— Un enfant est mort dans cette chambre, verbalise Michael.

Nous nous tournons tous vers lui, il vient d'exprimer tout haut ce que nous pensons, éprouvons tous en nos fors intérieurs.

J'ouvre le volet, et la lumière s'engouffre autour de nous. Nous nous regroupons religieusement autour du couteau qui a certainement servi à agresser Carrie.

Norman se penche.

— Non ! Ne le touche pas !

— Quoi ? Oh. Pardon.

— Je peux me tromper, mais… j'ai vu des couteaux semblables dans la cuisine, déclare Chucky.

Une arme d'opportunité ? Cette découverte est contradictoire avec ce que je viens d'évoquer. Car, elle abonde plutôt vers un crime non prémédité.

— S'agit-il d'un cambriolage qui aurait mal tourné ? présume IT.

— Imaginons que je suis un cambrioleur, dis-je, et que j'arrive sur le lieu de mon forfait et que je vois deux énormes véhicules devant la maison…

— Oui, je renoncerais et je me casserais, conclut Norman.

Je les observe l'un après l'autre. Je suis attristé de même l'envisager, cependant la probabilité que l'agresseur soit l'un d'eux m'effleure l'esprit.

Seulement, je vois mal qui. Et surtout, pourquoi ? Ce genre de crime n'est jamais involontaire, que je sache. Surtout quand, au lieu de porter secours à la victime, le coupable tente de dissimuler son crime. Il résulte en général d'un acte longuement prémédité. Or, je ne trouve aucun mobile plausible.

La matinée touche à sa fin, et mes tripes se serrent de douleur. Si je viens à soupçonner mes propres amis, je suis foutu.

— Nous devons poursuivre nos recherches, dit Michael.

Je me sens soudain misérable, sale et si honteux de céder à la peur alors que Carrie a certainement besoin de nous.

— Il y a une cave, dont la porte se situe en cuisine, nous informe Chucky. Et un grenier.

— Michael et moi prenons la cave, décidé-je.

— Avez-vous découvert quoi que ce soit, en bas ?

— Pas du tout, réponds-je à IT.

— Dommage.

Nous cognons nos poings.

— Bonne chance, les gars.

— Faites gaffe à vous.

Nos chemins se séparent à nouveau. Je descends sans empressement l'escalier d'un côté, tandis que Michael prend l'autre.

— Tu as l'air claqué, me dit-il.

— Rien de plus normal dans ces circonstances. Chaque minute, les chances de survie de Carrie diminuent.

Il m'arrête en bas.

— Tu crois vraiment qu'elle est encore en vie ?

— Je m'accroche de toutes mes forces à cet espoir, car je refuse d'entrevoir l'autre possibilité. Carrie est géniale. Elle a la vie devant elle. Alors, elle *doit* être vivante.

Je me racle la gorge, hésitant à exprimer le fond de ma pensée, et poursuis.

— Quelle est ton opinion sur la scène, à l'instant ?

— Avec les gars ? me demande-t-il presque choqué par ma question.

— Ouais, réponds-je, reprenant notre chemin vers l'autre bout du couloir de l'aile gauche.

— Je ne sais pas trop, marmonne-t-il avec une grimace. Nous n'avons pas découvert comment le couteau est arrivé là, déjà.

— Le volet était verrouillé de l'intérieur. Donc, hormis glisser le couteau sous le mur de toiles, je ne vois pas comment l'y envoyer.

Je regarde une seconde son visage. Si mes traits sont aussi tendus que les siens, je dois avoir une sale gueule. Le dicton affirme que nécessité fait loi, mais tout de même… Il ne m'a jamais vu négligé à ce point, puisque je me suis toujours efforcé de me montrer à mon avantage devant lui.

Je m'arrête en cuisine et pioche une cuisse de poulet rôti dans le frigo.

— Veux-tu quelque chose à manger ?

— Non, merci. Comment réussis-tu à manger dans un moment pareil ? me demande-t-il, moqueur.

— Il faut plus pour me couper l'appétit qu'une flaque de sang coagulé.

— Pardon, ricane-t-il. J'ai tendance à oublier où tu bosses.

Je lui souris, avec mes joues pleines de poulet.

— Tu apprends à manger et dormir n'importe quand. C'est très pratique.

Il me dévisage soudain, comme si son regard se posait sur moi pour la première fois. Et j'ai de nouveau quinze ans.

— Quoi ?

— Non, rien, élude-t-il. Nous nous connaissons depuis longtemps, pourtant j'ai l'impression que nous n'avons jamais partagé autant de temps ensemble que depuis ce matin.

Je fonds devant cette marque flagrante de timidité. Des plus surprenantes, car éloignée de son caractère. Et dire qu'il aura fallu ce drame pour que nous partagions un tel moment.

— Es-tu célibataire, ces temps-ci ? m'interroge-t-il. Enfin, sans compter Jason.

L'enfoiré me taquine et semble ravi de lui. En atteste son sourire en coin. Il prend une petite bouteille d'eau dans le frigo et en boit plusieurs gorgées. Et je l'observe sans en perdre une miette. Cet homme m'a envoûté depuis de nombreuses années, plus de la moitié de ma vie. J'aimerais être cette bouteille afin d'entrer en contact avec ses lèvres. Ou l'eau qui tutoie sa langue et sa gorge.

Oh, merde, je m'égare. Je détourne les yeux et me racle la gorge.

Il se rend ensuite près de la porte menant à la cave.

— Dans les films d'horreur…

— Oh, pitié, non, tais-toi, le coupé-je.

Mon ventre se manifeste aussitôt bruyamment.

— Promets-moi que si nous trouvons un cercueil, tu ne l'ouvriras pas, me dit-il.

Je pouffe. Avec cette simple distraction, il parvient à détourner mon attention quelques secondes, et nous descendons dans l'antre de la bête. Les lumières grésillent durant une dizaine de secondes avant de s'allumer pleinement.

Je suis légèrement déçu de découvrir une petite cave. J'en aperçois le fond, à environ cinq mètres.

— J'avais imaginé mieux, avoué-je. Surtout dans une si grande baraque. Où sont donc stockées les affaires de l'ancienne propriétaire ? Les meubles, les cartons, et cetera.

— Au grenier, je présume, dit-il.

— Dans ce cas, finissons-en ici au plus vite et montons leur filer un coup de main.

La cave servait de chambre froide à la cuisine. Les étagères contre les murs sont remplies de bocaux de fruits et légumes stérilisés, si vieux qu'ils ne sont sûrement plus comestibles. Nous suivons le large zigzag qu'elles dessinent. Je ne vois rien qui puisse contenir ou dissimuler un corps. Hormis… une imposante armoire métallique adossée contre le mur du fond. Évidemment, mon stress revient de plus belle, bien que le lieu soit intimidant mais pas effrayant. La cave ne contient que ce qu'elle doit contenir, avec son lot de toiles d'araignées et d'air poussiéreux. Jusqu'ici, la visite est assez décevante.

Point de Carrie.

Nous nous plantons devant le meuble et conservons le silence. D'un geste et d'un regard appuyé, nous nous coordonnons. Nous brandissons nos épées décoratives et je décompte du bout des lèvres. Agir ainsi est idiot. Un meurtrier n'irait pas se tapir là-dedans. Et notre amie mourante ne nous attaquerait pas. Sinon quoi ? Nous sommes devant la porte des Enfers et le chien Cerbère nous sautera dessus dès que nous ouvrirons ?

En bref, toute cette journée me semble surréaliste. Nous sommes parachutés en pleine série B.

J'abaisse la poignée et dévoile finalement l'intérieur de l'armoire, à savoir un grand vide. Qu'est-ce que je disais juste avant ? La fiction est plus trépidante que la réalité.

— Tu sais… dit-il prudemment. Depuis ce matin, j'ai une drôle d'impression, mais je n'arrive pas à mettre le doigt dessus.

— Pareil, réponds-je. Et c'est frustrant.

— Bon, souffle-t-il, que faisons-nous maintenant ? Nous attaquons le grenier ?

Michael est bien sûr un coéquipier génial. Il supporte mes bavardages et l'espèce de bipolarité dont je fais preuve depuis ce matin, à changer d'avis toutes les dix minutes.

— Dis…

— Oui ? dit-il.

— Dans ce type de demeures ou de châteaux, en Angleterre, il y a toujours des passages secrets.

Un instant, il joue nerveusement avec son arme.

— Crois-tu que Chucky serait au courant ?

— Peut-être.

Je contemple cette armoire vide et frappe du poing son fond. Derrière, j'entends la pierre. D'ailleurs, tout l'endroit est constitué de moellons maintenus par une sorte de mortier sablonneux.

— Ça vaut le coup de chercher, déclare-t-il.

Avec l'exiguïté de la pièce, nous nous séparons sans risque de nous perdre de vue. En m'aidant du pommeau de la poignée, je tapote mon arme à différents points des murs, en espérant qu'un coup sonne creux.

Je suis entre deux étagères, lorsque je fais tomber un moellon. Oh, notre quête ne vire pas à la chasse au trésor. Hélas. La grosse pierre chute simplement au sol. Je me déleste de mon outil, m'accroupis et la ramasse puis je la replace sagement dans sa cavité.

— Oh putain…

Je manque d'avoir une crise cardiaque quand je réalise que Michael se tient au-dessus de moi. Je ne discerne pas son visage à cause de la lampe juste derrière lui, toutefois je me trouve bien idiot et ricane.

— Pardon, tu m'as involontairement causé une belle frayeur.

Mon cœur tambourine si fort que je plaque une main sur mon torse. Néanmoins, son silence s'étire et je commence à ressentir une certaine urgence, dans ma position je suis vulnérable. Pour la première fois, Michael me ferait peur.

— Voilà, ni vu ni connu.

Je me redresse, lui tournant intentionnellement le dos, parce que je refuse qu'il lise la méfiance qu'il m'inspire.

— Tu es quelqu'un de surprenant, lâche-t-il avec un sourire dans le ton.

— Désolé, je suis maladroit. Tu n'iras pas le dire à Chucky, OK ?

Soudain rattrapé par cette proximité qu'il m'impose, ma langue se délie et raconte n'importe quoi.

— Surtout que sa tante veut vendre rapidement.

Ouh là ! Peu importent les projets de sa tante. Une fois que les gens sauront qu'une jeune femme est peut-être morte dans cette maison…

— Freddie.

— Oui ?

Je n'ose le regarder et mes yeux cherchent un point sur lequel se focaliser. En vain.

— Il n'y a vraiment rien entre Jason et toi ?

— Ni sexuel ni amoureux, confirmé-je.

Mon cerveau part au loin lorsque Michael se rapproche tellement de moi que mon dos rencontre une étagère. Je déglutis bruyamment. Il ne me laisse aucune échappatoire. Je suis à sa merci.

Mes mains tremblantes se posent sur son torse et je sens son souffle chaud dans mon cou.

— Pourquoi n'est-il jamais rien arrivé entre nous ?

— P-Peut-être parce que je ne suis pas assez bien pour toi ? bafouillé-je.

— Freddie, regarde-moi.

La boule dans ma gorge grossit et me suffoque presque. Lentement, comme s'il me testait, Michael chemine vers ma bouche. J'assiste à la scène, plutôt spectateur qu'acteur à part entière. Je suis très loin du premier baiser de mes fantasmes. Et à des années-lumière d'être à mon avantage.

Pourtant… Oui, *pourtant* il m'embrasse avec une infinie tendresse. Nous ne sommes pas rasés, je ne suis même pas lavé, mes cheveux sont à chier, *et pourtant* il m'embrasse avec une douceur en totale contradiction avec notre situation périlleuse.

Je mets fin à ce smack quand il réclame l'accès à ma bouche.

— Allons-y, d'accord ? lui demandé-je d'un ton suppliant.

— Oh, pardon.

Il se méprend, je clarifie donc mes intentions.

— Non, c'était très bien, lui assuré-je. Sauf que je ne suis pas passé par la salle de bain, aujourd'hui. Que j'ai un peu la gueule de bois. Et que je préférerais reprendre cette conversation une fois que nous aurons retrouvé Carrie. S'il te plaît.

Il glisse une main dans mes cheveux, avec un long soupir, puis il dépose un dernier baiser sur mon front avant de s'écarter de moi.

— Ton sang-froid m'impressionne, Freddie. Vas-tu encore me dire que c'est grâce à ton boulot ?

Il rit et je lui balance ma moue la plus boudeuse.

— Non, mais je refuse de croire qu'elle est morte. Carrie croque la vie, et pas l'inverse. J'ai besoin de m'accrocher à cet espoir pour ne pas sombrer.

Et Jason qui est toujours aux abonnés absents !

Michael ne dit plus rien.

— Tu la crois morte, n'est-ce pas ?

— Je ne suis pas très optimiste à ce sujet, c'est vrai, répond-il. Et toi ? Penses-tu que Jason va revenir ?

— Bien sûr que oui, m'insurgé-je.

Il lève aussitôt une main en signe de reddition.

— Tu ne peux pas être impartial au sujet de Jason.

— Tu ne le serais pas non plus si tu le connaissais comme moi. Mais je vois ce que tu insinues, va. Carrie n'est pas son genre et il n'avait aucune raison de s'en prendre à elle.

— Peut-être était-il jaloux de votre proximité ?

— Arrête, s'il te plaît, cinglé-je, agacé. J'ignore pourquoi il met autant de temps à revenir avec la Police, toutefois il n'a rien à voir dans cette affaire, tu m'entends ?

D'après son expression, tandis que je le contourne afin de me diriger vers la sortie, il ne m'accorde aucun crédit. Cependant, je m'en fiche. Il ne me fera pas douter de Jason. À quoi Michael joue-t-il, bon sang ?

6 : Les recherches – la fin

Je termine de vider la petite bouteille d'eau que j'ai prise dans le frigo deux minutes plus tôt, lorsque nous atteignons le grenier.

— Hey, les gars ! Vous êtes là ?! crie Michael depuis le bas d'un étroit escalier.

— Ouais ! répond Norman. Amenez-vous, sinon ça va nous prendre la journée !

Tandis que nous avançons, j'entends fugacement un rire cristallin derrière nous. Je m'immobilise. Michael monte une marche et s'arrête à son tour quand il se rend compte que je ne le suis pas.

— Qu'est-ce qu'il y a ?

— J'ai cru entendre quelque chose. Pas toi ?

— Non.

Il tend l'oreille un instant puis hausse les épaules.

— T'as dû rêver. Tu viens ?

— Ouais, dis-je sans conviction.

Au moins, les fantômes de cette maison apprécient notre présence…

La température ambiante baisse drastiquement alors que nous montons, sans trop entrevoir les marches. Par chance, le grenier est quant à lui bien éclairé.

— Waouh…

— Voici la réponse à l'une de tes questions, me chuchote Michael. Ils ont tout entreposé ici.

À l'inverse de la cave exiguë, le grenier s'étend sur l'entière surface de l'aile droite.

— Chucky, y a-t-il un autre grenier de l'autre côté de la maison ?

— Non, me répond-il de Dieu sait où. Nous y sommes allés tout à l'heure. Une simple traque donne accès aux combles, qui ne sont pas aménagés.

— Il n'y a pas de plancher, ajoute IT. Alors, cette cave ? Flippante à souhait ?

— Non, pas vraiment, résume Michael. Rien à signaler.

Devant moi, à perte de vue, des meubles de toutes tailles, des cartons, des malles, des recoins.

— Venez par-là, nous demande Chucky que je repère enfin grâce au bras qu'il agite vers nous. Nous avons déjà fouillé jusqu'ici.

— Avez-vous crié le nom de Carrie ?

— Oui, me répond Norman le nez perdu dans une armoire. Durant plus de cinq minutes, en ouvrant nos oreilles, mais rien.

Je persiste à penser que personne ne peut se volatiliser ainsi. Perdons-nous un temps précieux en nous focalisant sur l'intérieur de la maison au détriment de l'extérieur ?

— À quoi es-tu en train de penser encore ?

— Que la propriété est immense, dis-je.

— Je vois. Vas-tu interroger Chucky au sujet des passages secrets ?

— J'hésite.

— Est-ce que tu ne lui fais plus confiance ? me questionne-t-il, étonné.

— Je ne fais plus confiance *à personne*, lui avoué-je.

Il s'esclaffe.

— Sauf Jason, raille-t-il. Alors qu'il est le premier à avoir pris la fuite de tout ce bordel. De lui, tu ne doutes pas un instant, hein ?

J'hallucine, ou est-ce de la jalousie ? Non, voyons. Impossible !

— Il ne reviendra pas, *ton* Jason bien-aimé, conclut-il avant de s'éloigner.

Je me fiche de ce qu'il pense. Oui, Jason m'a en quelque sorte abandonné à mon sort, mais uniquement avec l'intention honorable de nous obtenir de l'aide. Il a opté pour la seule chose sensée.

Je suis encore plus sur les nerfs à cause de Michael. Je refoule les larmes au bord de mes cils et la boule d'angoisse dans ma gorge. Je me concentre sur mes recherches. J'ouvre, je soulève, je fouille, je regarde derrière. Hormis l'inventaire d'une lignée familiale désormais éteinte, il n'y a rien indiquant une intrusion.

— Bordel… ronchonne IT. Je ne comprendrai jamais l'intérêt de certains pour les animaux empaillés.

— Et il y en a des tonnes ici, ajoute Norman. Comme je vais apprécier mon prochain cône…

Je pouffe.

— J'en partagerai volontiers un avec toi, mon pote, lui adressé-je.

Il lève un pouce vers moi, en guise d'acceptation. Rendez-vous est donc pris. Est-ce raisonnable ? Non, bien sûr. Toutefois, je m'accroche à ce semblant de normalité dont j'ai grand besoin afin de ne pas flancher.

Une heure plus tard, nous ressortons bredouilles du grenier. Rassemblés autour d'un plan de la propriété, dans la cuisine, nous mettons au point la suite de nos recherches, tout en remplissant nos estomacs.

Clairement, nous sommes dans un piteux état, et nos mines sont patibulaires. Aucun de nous n'ose parler de l'absence de Jason, devenue elle aussi inquiétante.

Soudain, Michael claque sa canette de soda vide sur le billot. Il inspire et lâche une bombe.

— Je propose que l'un de nous se rende en ville.

Il est 14 h 30 passées.

— Soit nous y allons tous, soit ce ne sera personne, déclare Chucky d'un ton net. Parce qu'il s'agit de notre dernier véhicule.

— Ne sommes-nous pas déjà suffisamment isolés ? demande IT, soucieux. Je suis d'accord avec Chucky, ce sera tout le monde ou personne. Nous ne sommes pas plus fixés maintenant que ce matin à la découverte de la disparition de Carrie.

— Je préférerais que nous laissions encore une chance à Jason de revenir, interviens-je. Et fouiller l'extérieur tant qu'il fait jour.

— Je vote pour la proposition de Freddie, dit Chucky.

— Je vote pour la mienne, annonce Michael.

— Michael, dit Norman.

Du coup, nous nous tournons tous vers IT, le dernier à se prononcer. Et visiblement, il hésite.

— Je vote Freddie, déclare-t-il à contrecœur.

Je le remercie d'un cillement.

— Bien.

Michael ne bronche pas, en dépit de sa défaite. J'éprouve de plus en plus de difficultés à le comprendre aujourd'hui.

— Un groupe s'attaquera à l'avant de la propriété, avec la chapelle, annonce Chucky.

Avec l'index, il nous montre la zone sur le plan sommaire dessiné par sa tante.

— L'autre à l'arrière. Jetons un œil partout. Que ce soit Carrie ou des traces récentes de passage, des trous dans la clôture ou que sais-je encore. Bref, tout ce qui pourrait nous permettre de la retrouver.

Chacun acquiesce.

— Le cimetière se situe dans la zone centrale, ici. Retrouvons-nous là, disons dans une heure ? Désolé, je ne suis pas certain de la surface exacte du terrain.

Chucky sort ensuite une grosse clé en fer d'un tiroir.

— Voici la clé de la chapelle.

— Laissons un mot sur la porte au cas où Jason reviendrait, dis-je. Et verrouillons la maison. Nous venons de la fouiller, alors autant éviter toute intrusion.

— Bonne idée, dit Norman.

— Prenons nos portables, au cas où par miracle, nous captions du réseau.

Nous approuvons Chucky et vérifions nos équipements.

— Avant ou arrière ? me demande-t-il, me tendant la clé.

— Michael ? interrogé-je à mon tour mon coéquipier.

— Peu importe. Comme tu le sens.

Je réfléchis une seconde, puis je saisis la clé.

— L'avant.

— Ça marche.

Le temps de rédiger le mot et mettre la main sur du scotch afin de l'accrocher, nous refermons la porte d'entrée derrière nous. Dans cette région, il ne fait pas froid, toutefois nous portons nos manteaux à cause de la pluie qui menace de s'abattre sur nous. Michael a ressorti son manteau en cuir long et son chapeau de la veille. Avec l'épée à sa ceinture, je l'observe et me demande comment notre vie a pu basculer si vite, de tout à fait normale à… maintenant. On pourrait nous prendre pour des barges. Même moi, je peine à y croire.

J'enfonce mon bonnet sur ma tête. Ce n'est pas exactement le week-end d'Halloween que j'avais espéré.

— Allons-y.

Michael m'observe encore sans rien dire.

Sans trop savoir par où commencer, je remonte l'allée jusqu'au portail. En bon citadin, le silence anormal qui règne ici me met mal à l'aise.

Je m'arrête au bout du chemin, je tire sur la chaîne et la tourne afin de vérifier que le cadenas est toujours en place. Michael est déjà en train de fureter dans le bois sur ma droite. Je me rends donc ensuite dans celui de gauche et furète, mes yeux scrutant le sol. Je soulève des branchages, regarde dans le creux d'un tronc. Ici, j'entends quelques oiseaux, dérangés par notre présence. Un tapis de feuilles mortes recouvre l'endroit.

— Freddie ?!

— Par-là, Michael !

Je m'interromps et accuse une montée subite d'abattement. Au choix, la gueule de bois, la fatigue ou une vague de pessimisme me frappe. Voire les trois en même temps. J'ai le cœur lourd.

— Tu fais une drôle de tête, me dit-il en me rejoignant.

— Ça va passer, assuré-je.

— Chaque fois que nous nous séparons, c'est pareil.

— Alors ne nous séparons plus, rétorqué-je, m'efforçant de sourire.

— Oui, faisons ça, déclare-t-il avec sérieux.

Je tapote son pectoral et reprends ma tâche jusqu'à l'orée du bois. Plus loin, j'aperçois le chemin qui mène certainement à la chapelle. Dès lors, nous progressons sans difficulté. Cette portion du parc est relativement dégagée. Parfois, nous appelons Carrie. Parfois, je jette un coup d'œil sur mon smartphone, en priant pour y voir une barre de réseau. En vain. Une certaine inertie rythme nos pas. J'ai l'impression de brasser de l'air sans obtenir le moindre résultat.

Un craquement sonore me surprend et j'arrête de marcher.

— Quoi ? me demande Michael.

— C'était quoi, ce bruit ? À l'instant.

— Nous sommes entourés d'arbres, rien de plus normal qu'ils craquent, non ?

Ce qui me gêne, c'est que j'ai le même sentiment d'être observé à l'extérieur qu'à l'intérieur de la maison. Les fantômes ne vivent-ils pas à résidence ? Peuvent-ils sortir et se balader afin de tuer l'ennui d'une immortalité de spectre ?

La chapelle nous apparaît au détour d'un virage. Elle est la réplique miniature d'une église anglicane. Ce qui me surprend, parce qu'elle détonne dans le paysage. Dans d'autres circonstances, j'aurais aimé cette ancienne plantation.

Je pense à Carrie, et mon cœur se serre de douleur. Son agression doit remonter à au moins douze heures, maintenant.

J'insère la clé dans la serrure, pendant que Michael effectue le tour de l'édifice. D'un pouce levé, il m'informe que tout va bien.

J'ouvre la porte dans un grincement digne d'un film d'épouvante, ah ah… Son bruit résonne plusieurs mètres à la ronde.

— Pour la discrétion, c'est fichu, me chuchote-t-il.

Pareil pour l'action, car l'intérieur est aussi vide qu'inoccupé depuis longtemps. Des bancs sont regroupés d'un côté, et je vais aussitôt les inspecter. Je laisse Michael s'affairer de l'autre.

Nous n'avons pas à partager notre bilan. Il est négatif. Nous ressortons, déçus. Je referme avec soin.

— Le cimetière est juste derrière, m'informe-t-il.

Je vérifie l'heure sur mon portable irrémédiablement hors réseau.

— Nous avons encore une demi-heure, annoncé-je.

— Dans ce cas, revenons sur le devant de la maison et cherchons par-là. Je suis sûr que nous retomberons sur le cimetière à un moment ou à un autre.

— D'accord.

— Tu parles de moins en moins, Freddie.

— Peut-être parce que je veux jouer au brave devant toi et ne pas passer pour un faible, confessé-je sans pouvoir retenir mes mots.

— Nous sommes dans le même bateau, dit-il sûrement dans le but de compatir.

— Sauf que nous ne sommes pas tous dans le même bateau, répliqué-je sur un ton plus sec que voulu.

Je culpabilise aussitôt de m'en prendre à lui alors qu'il n'est pas responsable de tout ce merdier.

— Pardon, Michael.

Il saisit mon bras et m'arrête.

— Je n'ai jamais pensé de toi que tu étais un faible. J'ai juste du mal à te comprendre. Tu…

Il cherche ses mots.

— Tu me tiens à distance. Tu l'as toujours fait, d'ailleurs. Je suis ton ami, Frederick.

Tel l'idiot sentimental que je suis, je rougis simplement à son emploi de mon prénom entier. Je suis un cas désespéré.

Sans préavis, à nouveau, il se penche vers moi et m'embrasse. Cette fois, il envahit ma bouche. Je ne lui résiste pas. Oui, je suis un idiot. Même si nous survivions à ce week-end morbide, Michael n'ira jamais plus loin avec moi. Il pourra plaider la promiscuité, l'égarement passager dû aux circonstances inhabituelles, et reprendre ses distances.

Il pille ma bouche, exige ma soumission. Et je lui cède. Il a tort, je suis faible. *Michael* représente ma pire faiblesse.

— Des amis ne font pas ça, lui dis-je, essoufflé.

Je vois des étoiles et je n'ai qu'une envie : qu'il me baise et me fasse tout oublier, jusqu'à mon nom.

— Es-tu sûr ? me demande-t-il, amusé. Regarde Chucky et Norman.

— Je suis d'un tempérament trop jaloux pour me contenter de si peu, comme eux.

Sourcil gauche haussé, il me dévisage un instant. Dommage pour lui, je ne vais pas m'expliquer. Je crains bien trop de le dégoûter de moi à tout jamais. Il ne doit pas connaître mes sentiments.

Il agrippe le pan de mon manteau, et à son sourire narquois je pressens la plaisanterie sur le point de franchir ses lèvres désirables.

— Et si la nuit prochaine était la dernière de notre vie, coucherais-tu avec moi ?

Je reprends notre marche et il me suit.

— À vrai dire… C'est *limite* insultant.

— En quoi, je te prie ?

— Je serais l'option *faute de mieux*. Et j'ai une plus haute estime de ma personne, désolé.

— Faute de mieux ? répète-t-il tel un gros mot.

— Je veux être l'option d'une vie, Michael. Pas celle d'un acte désespéré ou d'un *je n'ai que le petit Freddie sous la main*.

Au lieu de me flatter, au lieu de bondir de joie à sa proposition indécente, je me sens insulté. Pourtant, ce n'est pas de sa faute, il ignore la vérité sur l'amour qu'il m'inspire depuis l'adolescence.

— Je ne penserai jamais ça de toi, insiste-t-il avec conviction.

Durant une seconde, il semble abattu, néanmoins cela ne dure jamais avec lui. Déjà, il revient à l'attaque.

— Au nom de notre vieille amitié alors ?

Cette scène est tellement risible que j'éclate de rire. Si l'on m'avait prédit qu'un jour je repousserais les avances de Michael, j'en aurais ri à me rouler par terre. Mon moi intérieur me hurle d'accepter et de se foutre des conséquences, évidemment.

— Où serait le mal, Freddie ? Nous sommes célibataires. Ce ne serait qu'un peu de sexe.

Justement ! Voilà où le bât blesse.

— Tu ne m'as jamais fait de rentre-dedans, continue-t-il. Je sais très bien que je ne t'intéresse pas. Comme à l'époque où tu étais plus volage.

Je stoppe net, poignardé par ses propos. Oh, mon Dieu… Si seulement, il savait…

— Quoi ? me demande-t-il, pas le moins du monde perturbé par le regard assassin que je lui balance. Même pour une nuit, je ne t'intéresse donc pas ?

Un fin crachin de pluie tombe sur nous et j'essuie mon visage avec mes mains, dans une tentative maladroite de garder le contrôle de mes émotions mises à mal par un Michael déterminé à me convaincre.

— Je ne m'enverrai pas en l'air avec toi sans savoir ce qu'il est advenu de Carrie. Mais où as-tu la tête ? articulé-je, outré.

— Et une fois que nous saurons ?

Sous le coup du choc, je reste coi. Est-il sérieux ?

— Non, n'est-ce pas ?

Il souffle de dépit, puis son incompréhension cède la place à de l'agressivité contenue.

— C'est à cause de Jason, hein ?

Je lâche un *Oh !* indigné.

— Mais qui es-tu ?

Ma question le laisse sans voix.

— Où est passé le Michael que je connais depuis dix-sept ans ? Où est passé le type génial, toujours sûr de lui ? Où est le…

Où est l'homme qui m'a fait tomber éperdument amoureux de lui ? Oui, décidément, bonne question. Il ne se tient pas devant moi, c'est certain.

Il esquive mon regard interrogateur et monte les mains sur ses hanches, enquiquiné par son manteau long et l'épée à sa ceinture.

— Je sors d'une rupture difficile, explique-t-il.

— Oh. *Pardon,* Michael. Et tu crois peut-être que ruiner notre amitié va te consoler ?

— Ce n'est pas ce que je veux ! éructe-t-il. Au contraire.

Je brandis une main devant lui afin de mettre un terme à une conversation qui nous ravage l'un comme l'autre.

— Michael... dis-je d'un ton plus doux. Je serai ravi d'avoir cette discussion avec toi. Mais plus tard, OK ? S'il te plaît.

Cette fois, il capitule.

— D'accord.

Nous longeons l'aile droite de la maison et regagnons le devant, toujours désert. Il n'y a que le 4X4 et le mot en place sur la porte d'entrée. Hélas.

Il nous faut un bon quart d'heure avant de terminer l'inspection de la zone et revenir près du cimetière. Sur place, nous retrouvons les trois autres.

— Alors ? leur demandé-je le premier.

— Que dalle ! dit IT, nerveux.

Nous nous plantons près d'eux. Devant nous, le cimetière entouré d'antiques barrières en fer forgé d'un mètre de haut. À l'intérieur, des stèles fêlées, et des pierres tombales et autres croix bancales. Sans oublier la dizaine de tombes anonymes...

Quelque chose m'interpelle tout de suite. Car aucune tombe n'est récente.

— Où est la tombe de l'aïeule de ta tante ?

Ma question le prend apparemment au dépourvu.

Pourquoi ?

— Si je ne me trompe pas, elle s'est fait enterrer avec ses parents en ville.

— Ah ouais ?

Un silence étrange s'abat sur nous. Qu'ai-je donc dit qui l'a provoqué ?

— Nous n'avons vu aucun trou dans le grillage ou autre. Carrie n'est pas à l'avant du parc, déclare Michael au bout d'une minute.

— Et la chapelle ?

— Vide, réponds-je. Et vous ?

— Pas mieux, dit Norman. Même pas une trace de pneus fraîche. Rien du tout, nous non plus.

— Il y a un puits, par-là, ajoute Chucky. Nous l'avons éclairé avec la lampe. Il est tari depuis belle lurette et il n'y avait qu'un vieux seau cassé dans le fond.

Je soupire, lassé par ces heures infructueuses.

— Rentrons, proposé-je. À moins que vous ayez une autre idée ?

— Putain de réseau qui ne vient pas jusqu'ici, peste IT. Que faisons-nous ? Cette fois, nous rendre en ville serait judicieux.

Nous n'avons pas besoin de nous concerter, nous sommes unanimement d'accord. Sans perdre de temps, nous rebroussons chemin. Avec la pluie qui s'intensifie, nous ne traînons pas.

— Chucky, ouvre-moi, s'il te plaît, demande Michael alors que nous arrivons près du véhicule. Mes papiers sont dans mon manteau de ville, dans l'entrée. Et les clés de la bagnole sur la console.

— OK.

Pendant qu'ils y vont, je reste avec Norman et IT. Ce dernier paraît à fleur de peau – le pire d'entre nous. Il vient près de moi, dans le but de me confier quelque chose.

— Disons qu'hier soir j'ai surpris une dispute entre Carrie et…

— Elles ne sont plus là ! nous interrompt Chucky.

— Qu'est-ce qui n'est plus là ? s'enquiert Norman.

— Les clés !

Michael descend les marches au pas de course et fonce ouvrir le 4X4, côté conducteur. Nous suivons le mouvement, j'en oublie la confidence d'IT. Tant pis.

— C'est quoi ce bordel ?! éructe Michael qui nous brandit lesdites clés. Je suis sûr et certain de les avoir laissées dans le vide-poches ! Hey, je suis pas cinglé.

— Quoi ? Attends.

Chucky les lui prend des mains et grimpe derrière le volant. Il insère la clé et la tourne. L'auto démarre, broute et cale. Nous échangeons des regards anxieux.

— Je recommence, annonce-t-il.

À nouveau, le 4X4 démarre, broute et cale. Nous devenons livides. Michael se penche sur le tableau et bord et compte.

— Un, deux, trois, quatre, et cinq. Il nous reste autant d'essence qu'à notre arrivée hier soir, je suis formel ! *C'est quoi, ce bordel ?*

Chucky ne renonce pas, il recommence une troisième fois.

— Attends, regarde, lui indique Michael. Quand tu la démarres, le tableau de bord affiche *Défaut moteur*.

— Quoi ? J'ai pas…

Chucky se décompose littéralement sous nos yeux. C'est à cet instant précis qu'il craque. Il bondit hors du véhicule et pète les plombs.

— C'est pas vrai, bordel de merde ! Non, mais quelle idée pourrie de venir ici ! Non seulement Carrie est peut-être morte, mais en plus nous sommes nous aussi très certainement en danger ! Ras le cul de ces conneries ! Merde ! Merde ! Merde !

Il donne des coups de pied dans les cailloux de l'allée. Bientôt, il s'arrachera ses cheveux. Ce qui serait dommage, vu la fortune qu'il a dépensée dans ses implants.

Nous convergeons tous vers lui, il est en larmes, bien que combatif. Durant les minutes suivantes, nous essayons de le canaliser. Et une fois le calme revenu, Michael met les pieds dans le plat.

— Je crois que le 4X4 a été saboté d'une façon ou d'une autre, déclare-t-il.

— Hors de question de rester une minute de plus ici ! hurle Chucky. Je récupère mes affaires et je me casse ! Et vous aussi, nous partons ensemble !

Ce n'est pas l'envie qui me manque de me barrer, néanmoins je n'en ai plus l'énergie. Pas après cette journée.

Je ne suis pas le seul, visiblement…

— Moi non, balance Michael de but en blanc. Je n'irai pas entamer une marche de dix kilomètres à cette heure-ci, désolé. Faites ce que vous voulez, je ne vous retiendrai pas. Demain, oui, pourquoi pas ? Dormons, reposons-nous et partons dès que le soleil se sera levé.

— J'approuve, annoncé-je aussitôt.

Chucky en est estomaqué, il cesse de parler et remuer.

— Et vous ? demande-t-il à Norman et IT.

— Moi, je te suis, lui répond Norman.

— Je vote Michael, dit IT encore une fois à contrecœur.

N'y a-t-il que moi à trouver son comportement suspect ?

Sans aucun éclat de voix supplémentaire, Michael referme le 4X4 et rentre dans la maison du crime. J'adresse un regard compatissant aux autres et je le suis, à bout de forces.

7 : Seconde nuit

Dans un silence lourd à cause du sentiment d'échec que nous partageons tous, nous nous croisons à l'étage des chambres sans nous parler, tandis que nous nous relayons dans la salle de bain.

Après un décrassage en règle et un bon rasage, je suis complètement exténué. Je pense toujours à Carrie, dans un coin de ma tête. Ainsi qu'à Jason. Survivra-t-il à une nuit dans le froid ? Je n'ai jamais été aussi impuissant face à un problème.

Le pire, je crois, c'est de ne pas savoir.

J'ai déplacé mes affaires dans la chambre de mon meilleur pote. La nuit tombe déjà lorsque j'allume la cheminée.

Il ne reste que moi à l'étage, quand je me décide à descendre rejoindre mes camarades de galère. J'aimerais me poser et réfléchir, sauf que mon cerveau ne coopère plus. J'ai besoin de dormir.

— Désolé, dit Michael depuis le salon.

Sa voix me parvient depuis les escaliers.

— J'ai beau posséder une voiture, je n'ai aucune compétence en mécanique.

— Mince.

— Et Freddie ?

Il faut dire que les autres n'ont pas leur permis auto, hormis Jason et moi. Par contre, mon meilleur pote est un danger au volant, en plus de n'avoir aucun sens de l'orientation. Norman, quant à lui, détient seulement un permis deux-roues. Voici comment j'ai été désigné second chauffeur à la sortie de l'aéroport, avec Michael. Parmi les autres, j'étais le plus expérimenté alors que je conduis très rarement et que je n'ai pas de véhicule.

— Non, désolé, réponds-je en entrant dans la pièce. Où est Chucky ?

— En cuisine, je crois, répond Norman.

C'est la Toussaint et nous avons des têtes de zombies, ah ah… Autant en rire, non ? Surtout si un monstre sanguinaire se tapit effectivement parmi nous.

Je traverse la pièce et ressors à l'autre bout. J'entends vaguement Norman dire aux deux autres :

— J'aurais juré avoir entendu quelqu'un marcher au-dessus de ma chambre, tout à l'heure.

J'ai oublié mon arme de fortune dans la mienne. Et je me sens bizarrement vulnérable, sans elle.

Dire qu'il y a vingt-quatre heures, nous étions en train de nous amuser dans ce même endroit avec une totale insouciance.

Assis sur un coin de billot, Chucky est figé telle une statue.

— Hey, mon pote… m'annoncé-je doucement.

Il m'accorde à peine une œillade.

— Je suis inquiet.

— Nous le sommes tous, dis-je.

— Ma tante m'avait confié qu'elle ne se sentait pas la bienvenue ici. J'aurais mieux fait de l'écouter.

Il se frotte les yeux avec les talons de ses mains. Devant lui, le four cuit un quelconque plat que nous mangerons sans grande motivation.

— Est-ce que je peux te poser une question ?

— Si c'est sur Norman et moi, oublie.

— Non, non, éludé-je.

Je m'assois en face de lui, sur l'autre billot.

— Saurais-tu, par hasard, si cette maison possède des passages secrets ?

Il se redresse soudain, comme si mon idée expliquait tout. Quoi, exactement ? Je l'ignore.

— Non. En revanche, il y a un escalier de service. Attends. Qu'est-ce qu'elle m'a raconté, déjà ?

Il saute au sol et se met à réfléchir intensément.

— À droite du vaisselier, se rappelle-t-il.

Juste en face du meuble, il y a la porte menant au jardin.

Il s'y rend aussitôt et je le suis du regard. À part un mur, je ne vois rien. Je tombe donc des nues lorsqu'il presse un des reliefs en bois du vaisselier et qu'un cliquetis résonne dans la pièce.

— Ça y est ! exulte-t-il.

La porte invisible s'entrouvre et je le retiens aussitôt.

— Stop, Chucky, ordonné-je à voix basse.

Je pose l'index sur ma bouche et le tire par la manche.

— Ne bouge pas.

— Pourquoi ?

Au bout de deux secondes, il percute et comprend ce qui m'inquiète. Je me sauve chercher les autres. Je leur explique la situation et ils me suivent dans la cuisine. Nous nous organisons dans la précipitation. Michael hérite de la lampe d'IT, tandis que Norman se sert de son briquet. Nous nous munissons d'armes dans un tiroir à ustensiles de cuisine. Je me retiens de rire quand Michael envisage de choisir une énorme spatule en bois. Il renonce au profit d'un couteau, heureusement.

Sans un bruit, nous nous engouffrons dans le couloir. Un escalier monte, un autre descend.

— Merde, peste Chucky, le passage part dans deux directions.

— Freddie et moi allons par-là, décide Michael.

— OK.

Nos groupes se séparent, encore une fois. Je talonne Michael dans cette obscurité flippante. Nous descendons quelques marches en pierre jusqu'au niveau inférieur et avançons de plusieurs mètres avant d'atteindre un escalier étroit qui monte en colimaçon.

— Ça va, Freddie ?

— Oui, je crois, dis-je sans conviction.

Cette dernière balade met rudement mon cœur à l'épreuve. Je ne peux que suivre Michael, tout en restant sur mes gardes.

— Freddie… Tu m'étrangles.

— Hein ?

Sans m'en rendre compte, je me suis agrippé à son pull et tire dessus.

— Oh pardon.

Je le lâche sur-le-champ, penaud.

— J'espère pouvoir dormir quelques heures, cette nuit, me confie-t-il.

— Moi aussi.

— Restons ensemble, d'accord ?

— Quand ? Cette nuit ?

— Ouais.

— Ce... Ce ne serait pas une bonne idée, confessé-je, ricanant jaune. Mais ne te tracasse pas, je vais m'enfermer à double tour dans ma chambre. Et je te conseille d'en faire de même.

Nous grimpons toujours l'escalier. C'est interminable.

— Même pas drôle.

— Ce n'était pas mon intention.

Il change soudain de sujet.

— Vu les toiles que je me bouffe depuis tout à l'heure, je doute que quelqu'un soit venu par ici récemment.

— Il suffit au criminel de déposer le corps de Carrie derrière une porte dissimulée, et le tour est joué.

— Waouh. Tu es machiavélique.

— Désolé, ris-je. Je suis accro aux séries policières.

— Bien, Columbo… Fais-moi donc part de ta nouvelle théorie, après la découverte du sabotage du 4X4.

— S'il a bien été saboté, précisé-je. Une avarie moteur peut en être la cause.

— Je n'ai eu aucun souci avec, hier, sur la route.

— Je ne prétends pas le contraire. Sauf que ces bagnoles modernes sont bourrées d'électronique et beaucoup moins fiables que celles d'il y a trente ou quarante ans. Pour un tutu, un nunu, elles sonnent l'alarme afin de t'obliger à laisser ton argent chez un garagiste.

— Donc, tu ne crois pas au sabotage ?

— Je viens de te le dire, ah ah ah…

— Et si tu envisageais cette hypothèse, une minute ?

— Il vaut mieux éviter, déclaré-je.

— Pourquoi ?

— Parce que cela implique que le ou les criminels l'ont saboté entre le moment où Jason est parti ce matin et la fin de l'après-midi, quand nous voulions partir.

— Et ?

— Pourquoi me poses-tu la question alors que tu en es déjà venu à la même conclusion que moi ? le taquiné-je.

— Parce que j'ai besoin de l'entendre de ta propre bouche. Freddie, nous sommes restés ensemble tout ce temps. Je sais donc que ce n'est pas toi. Et réciproquement.

— Le ou les agresseurs sont toujours là. Néanmoins, ces quelques heures nous ont appris une chose. Il n'y a que nous ici, et personne d'autre.

— C'est donc l'un des trois autres.

— Hum… gémis-je.

— Quoi ?

Nous arrivons devant une voie sans issue. Sans se retourner, Michael patiente d'obtenir ma réponse.

— Sauf si tu as un complice et que tu comptes sur moi afin que je te fournisse un alibi.

Il se tourne lentement vers moi et me fixe avec une intensité qui me filerait presque les jetons. Je réalise soudain la précarité de ma position, au bord de l'escalier. S'il me pousse, je vais me rompre le cou et il en sera fini de moi.

— J'ai pensé la même chose avec Jason et toi.

Mon cœur frémit.

— Je serais parti avec lui, si c'était vrai.

— Pas si le corps de Carrie était dans la voiture et qu'il est allé s'en débarrasser, pendant que tu nous occupes ici. Histoire de gagner du temps.

Il ne cille pas, il surveille la moindre de mes réactions. Il me jauge. Je déglutis bruyamment.

— Ce n'est pas nous, promis.

Et puis son masque se fissure et je vois la patte-d'oie vibrer au coin de son œil droit.

— Enfoiré ! éructé-je, cognant son épaule avec mon poing.

— Aïeuh, se plaint-il sans se retenir de rire. Bon… Trouvons comment actionner la porte, d'accord ?

Nous nous y mettons à deux, par pression sur les briques du mur.

— En vérité, je suis content que Jason t'ait confié à moi.

— Parce que je suis innocent ?

— En un sens, oui, me taquine-t-il encore.

Un cliquetis retentit.

— Ah. C'est toi ou moi ?

— C'est moi, ris-je.

J'enfonce la brique avec force et la porte s'entrebâille. Michael l'examine.

— Ils auraient pu mettre une marque.

Je ne relève pas et ouvre la porte en grand. Le chandelier mural incliné en avant est donc la clé qui débloque le mécanisme, de l'autre côté. Nous débouchons au bout du couloir de l'étage dans l'aile droite.

— Tu paries combien que nous avons loupé la porte du rez-de-chaussée ?

— C'est fort possible, concédé-je.

Le couloir étant aussi silencieux que vide, nous rebroussons chemin. Je suis Michael dans le couloir de service quand j'entends à nouveau des rires cristallins.

— Tu l'as entendu, cette fois ?

Michael est-il sourd ? Je ne vois aucune autre explication.

— Quoi ? me demande-t-il.

— Les rires.

Il jette un coup d'œil dans le couloir, hautement perplexe.

— Essaies-tu de me jouer un tour ? me questionne-t-il.

Je soupire bruyamment et me frotte les yeux.

— Laisse tomber, je suis vanné.

Michael referme la porte dérobée, puis nous descendons les marches sans empressement.

— Tu as des toiles dans les cheveux, l'informé-je.

J'ai une vue plongeante sur lui. En plus, il sent incroyablement bon.

J'ai une pensée soudaine pour Jason. Il hallucinerait de nous voir si proches, Michael et moi. Au fil des années, il s'est souvent moqué de mon attachement inaltérable – indécrottable – envers lui. Non pas que je puisse faire quoi que ce soit dans le but d'y remédier.

En moins de cinq minutes, nous sommes dans le couloir du rez-de-chaussée avec son enfilade de séjours et de salons.

— Encore l'applique murale, précisé-je à mon compagnon.

Lorsque nous regagnons notre point de départ, de simples *non* de la tête échangés avec les autres nous confirment le résultat infructueux de nos recherches. Encore.

— Chucky, crois-tu qu'il pourrait y avoir d'autres portes comme celles-ci ailleurs dans la maison ? demandé-je.

— Très franchement, j'en doute. Vu la configuration des lieux…

Il grimace, les rouages de son cerveau tournent au ralenti. Il referme la porte qui donne sur la cuisine et va aussitôt s'enquérir de 'avancement de la cuisson de son plat dans le four.

— Mangeons et dormons. Réglez vos alarmes à 7 heures demain matin. Nous serons partis à 8 maximum.

— Entendu.

— Ça marche.

— OK.

Cette journée maudite nous a éprouvés. Personnellement, je suis au bout du rouleau. Réussirai-je à m'endormir sans Jason ? Est-il même judicieux que je baisse ma garde alors que le danger rôde ?

Une espèce de méfiance s'est installée entre nous. Nous échangeons des regards prudents. Nous n'osons plus parler et partager nos opinions sur la disparition de Carrie, ainsi que celle de mon meilleur ami.

Fini les discussions animées et les vannes faciles. Fini les questions sur la vie des uns et des autres. Nous sommes rassemblés dans la cuisine, mais pas vraiment ensemble. Chacun garde ses distances.

Au bout d'un moment, cela me pèse tellement que j'ai besoin de m'occuper. Je quitte ma chaise et entreprends de me préparer un casse-croûte pour le lendemain.

— Le premier qui se lève demain matin pensera à lancer la cafetière. Merci, dis-je.

Je prends une banane, une bouteille d'eau et un soda. Je laisserai mes vivres sur le rebord de ma fenêtre de chambre. Michael soupire et suit le mouvement. Tel un effet domino, les autres s'y collent également. Les ingrédients se mettent à circulent d'une main à l'autre.

Ce semblant de normalité me redonne le sourire. C'est con, hein ?

Chucky finit par sortir le rôti de porc cuit. Avec tous les légumes dans le plat, nous pourrons manger à satiété et recouvrer un peu de force d'ici l'épreuve qui nous attend. Même si je ne rêve que de quitter cet endroit cauchemardesque, une part de moi appréhende la suite. Nous devrons nous soumettre à la Police, et sûrement retarder notre retour à New York, pour les besoins de l'enquête. Il va de soi que je ne le formule pas auprès de mes camarades.

Je récupère un sac brun et fourre mon butin à l'intérieur. Je me remplis une assiette et souhaite une bonne nuit à tout le monde. Il est environ 20 heures, mais ce n'est pas grave. J'ai besoin de m'isoler et m'autoriser à me détendre.

— Salut, les gars.

— Freddie, attends, je t'accompagne, me dit Michael.

Je me retourne vers lui, embêté.

— Excuse-moi, Mike…

Il semble étonné et choqué par mon refus implicite. Par conséquent, je m'efforce de lui sourire.

— Enferme-toi dans ta chambre, d'accord ? C'est ce que je vais faire.

Je reprends ma route.

— Freddie…

Je fais la sourde oreille et éprouve un net soulagement une fois que j'ai bloqué la porte de ma chambre avec un fauteuil sous la poignée.

Mes mains tremblent lorsque je m'assois au bord du lit. Mes nerfs craquent et je laisse libre cours à mes larmes. Des larmes pour moi, bien sûr. Et surtout Carrie. Et Jason.

Je les ne retiens pas, l'effet se révélerait contre-productif. Mon niveau de stress doit diminuer si je veux réfléchir plus posément aux évènements des dernières vingt-quatre heures.

Arrivant vite à manquer de mouchoirs en papier, je déhousse un oreiller et utilise la taie afin d'éponger mon déluge nasal et lacrymal.

À un moment, on toque.

— Qui est-ce ? demandé-je d'une voix cassée.

— C'est Michael. Ouvre. J'ai cru t'entendre… Enfin, tu sais… ?

— Tout va bien, promis.

Il tente d'abaisser la poignée et se trouve vite bloqué. Il ne dit plus rien, toutefois je sens sa présence et son hésitation dans le couloir.

— À demain, Freddie ?

— Oui, dis-je d'une voix que j'espère posée.

Je l'entends piétiner quelques secondes, avant de partir.

Une heure s'est écoulée, et je me suis finalement calmé. Je tâte mon assiette du bout de l'index, elle est froide. À l'extérieur, la pluie martèle le côté de la maison avec virulence.

Jason est quelque part là-bas, dehors. Tout seul. Oh, comme j'aimerais être avec lui, à cet instant.

En écho, me reviennent les propos de Michael sur mes sentiments envers mon meilleur ami. Il se trompe. J'aime Jason, bien que ce ne soit pas de cette manière-là. Il est le frère que j'ai choisi d'avoir, en remplacement de l'abruti que ma famille m'a donné. Jason a accepté mon homosexualité, comme si c'était banal, normal. Alors que mon grand frère me tabassait parce qu'il avait honte de moi.

À l'époque, il m'avait fallu des mois afin de rassembler le courage de le lui dire. Il m'avait simplement répondu : « Ah bon ? Ne tombe pas amoureux de moi, OK ? » J'avais éclaté de rire, et l'affaire était réglée. Il n'a rien changé à son attitude envers moi, après. Je ne l'en remercierai jamais assez. Il n'a pas idée combien son amitié m'a maintenu la tête hors de l'eau durant des années. L'adolescence est l'enfer. Alors pour un gay, elle est encore pire. Faite de brimades, d'insultes, de beaucoup d'idioties et d'ignorance de la part de gens qui ne comprennent rien au désir de normalité auquel chaque gay aspire.

Je suis banal. Je l'ai toujours été. Je ne suis ni efféminé ni un travesti. Et si je me suis déjà fait enculer, je préfère dans l'autre sens. Je m'accomplis dans mon travail, je suis endetté raisonnablement, en bon Américain. Je n'ai rien d'un stéréotype.

Je mange sans réel appétit. Après ma séance de pleurs libérateurs, plus rien n'a de goût. Tant pis.

J'emploie mes dernières ressources à préparer mes affaires du lendemain, programmer mon réveil sur mon téléphone. J'ajoute une bûche dans le feu et vais me coucher.

Au milieu du silence, un bruit sourd me réveille, tel un gros coup de vent qui heurte le mur. Bien qu'étant encore à moiti endormi, je tends l'oreille une minute, aucun autre bruit ne me parvient, et ma porte demeure résolument bloquée par le gros fauteuil.

Je finis par rabattre la couette sur ma tête et me rendormir. Puisque mes camarades ne réagissent pas, alors moi non plus.

De toute façon, je suis tellement épuisé que je n'ai pas l'énergie de me lever.

8 : Dernier acte

Dimanche 2 novembre, à l'aube

Comme la veille, des coups tambourinant à la porte de la chambre m'extirpent de mon sommeil profond.

— Freddie ! Freddie !

Les éclats de voix qui suivent achèvent de me réveiller. Je bondis hors du lit, il fait encore nuit dehors. J'enfile mon bas de jogging à la va-vite.

— Minute ! râlé-je.

Je retire le fauteuil qui bloque ma porte et tombe sur une feuille pliée en deux. Je suis formel, elle n'était pas là hier soir. Je la ramasse et la fourre aussitôt dans ma poche.

Michael me tombe dessus dès que j'ai ouvert.

— Oh Dieu merci, tu es encore là.

Il me serre si fort que je manque d'air.

— Que se passe-t-il ?

— Norman et IT ont disparu, m'annonce Chucky de but en blanc.

— Quoi ? croassé-je, pâlissant à vue d'œil. Une personne disparaît hier, et deux aujourd'hui ? Si je suis cette logique, il y en aura trois demain ?

Nous échangeons des regards interrogateurs.

— Il ne reste que nous trois, Freddie, déclare Michael qui contemple ma chambre. Tout va bien ici ?

— Oui, j'ai réussi à dormir. Oh ! Je crois avoir entendu du bruit durant la nuit.

— Et qu'est-ce que c'était ? me demande Chucky.

— Sur le moment, j'ai cru à un coup de vent, mais… maintenant, j'hésite.

— À quelle heure ? m'interroge Michael. Je n'ai rien entendu, pourtant j'ai super mal dormi.

Je le crois volontiers, il a mauvaise mine.

— Je l'ignore, je n'ai pas regardé sur mon portable, désolé.

— Nous devons les chercher, réclame Chucky avec conviction.

— Non, nous devons partir, réfute Michael. La Police doit venir avec des hommes et tout fouiller. Je ne revivrai pas la journée d'hier, qui a été au final une belle perte de temps. Le danger est ici, donc partons.

— Je ne les abandonnerai pas ! s'offusque Chucky.

Les esprits s'échauffent. Nos agresseurs s'amusent à nous diviser. Preuve est de constater qu'ils y parviennent à merveille.

Je me dégage de Michael, contourne mes camarades, et m'éloigne dans le couloir.

— Où vas-tu ? me questionne Michael.

— Pisser ! Je pars dans un quart d'heure. Avec ou sans vous !

Mes mains tremblent quand je tourne la clé de la porte de la salle d'eau. J'allume toutes les lumières et m'effraie devant mon reflet dans le miroir. J'ai l'air d'un fou.

D'un geste nerveux et malhabile, je sors le bout de papier dissimulé et le déplie difficilement.

Il s'agit d'un mot signé par IT :

Désolé de t'avoir abandonné, mon pote. Hier, je n'ai pas pu te dire que ce que j'ai entendu l'autre soir. Carrie et Michael se disputaient dans sa chambre à elle. Si j'avais su, j'aurais poussé ma curiosité plus loin et je serais intervenu. C'était au sujet de Bella. Aujourd'hui, je le regrette.

Je pars seul, pour augmenter mes chances de réussite. Avec un peu de chance, je serai de retour avec la Police avant votre réveil.

Ne fais confiance à personne. Norman et Chucky aussi se sont comportés de façon bizarre, toute la journée.

Je le relis deux fois, afin d'être certain de la portée de son message. Voici qui explique l'absence d'IT. Pas celle de Norman, en revanche. Est-il parti intercepter IT ? Chucky est-il son complice ?

Michael s'est disputé avec Carrie à cause de Bella. Cela a-t-il un rapport avec le reste ?

Autant, j'aimerais détruire ce mot, autant il pourrait se révéler primordial aux yeux des enquêteurs. Alors, je le plie en tout petit et le glisse à l'intérieur de la poche dissimulée dans ma ceinture de survêtement. J'y mets d'habitude une clé, avant d'aller courir. Ce jour, elle contiendra une preuve peut-être capitale lors de l'enquête.

Pendant que je vide ma vessie, je m'efforce de recouvrer mon calme. Si je ne me contrôle pas devant eux, ils risquent de remarquer mon changement d'attitude. J'ai soudain un mauvais pressentiment sur l'issue de cette journée…

Ensuite, je me lave les mains et me passe de l'eau froide sur le visage. J'ai déjà vécu des situations stressantes et effrayantes dans ma vie, mais pas à ce point, et j'éprouve de grosses difficultés à me ressaisir. Voici le pire des scénarios forgés dans mon esprit retors. Du moins, presque… Il y en a encore un dernier que je me refuse d'envisager de façon catégorique. Suis-je aveugle à ce point ?

Je dois me faire violence dans le but de sortir de la salle de bain avec un air résolu et impassible. Si je leur montre ma peur, je suis foutu.

Je dépasse les chambres de Norman et IT. Elles semblent en ordre, il n'y a aucun signe de lutte ou autre. Je trouve Michael assis au bout de mon lit.

— Tu m'attendais ?

— Oui.

— Où est Chucky ?

— En bas. Il lance un café.

— Tu l'as laissé seul.

— Il n'avait pas l'air de vouloir spécialement ma compagnie, ironise-t-il à moitié.

— Et moi ? En ai-je l'air ? ricané-je.

— Quitte à choisir, je préfère être avec toi.

— Merci.

Il a sa sacoche à ses pieds. Il est prêt. Je me hâte donc de fourrer dans mon sac de voyage le sac marron de la veille. J'ai dû le mettre dans le coin le plus éloigné de la cheminée, à cause de la pluie battante qui m'a empêché de le garder au frais sur le rebord de la fenêtre, comme prévu.

— Que s'est-il passé cette nuit, à ton avis ? lui demandé-je d'un air dégagé afin de ne pas éveiller ses soupçons. T'auraient-ils confié quoi que ce soit, hier ?

Il se lève, sans un mot, referme doucement la porte de ma chambre. Craint-il que Chucky nous espionne ?

— Après ton départ de la cuisine…

— Oui ?

— Je me suis senti comme un intrus parmi eux.

— Tu sais, il est normal d'être méfiant, vu que nous flottons dans le flou le plus complet, dis-je.

— Alors, j'ai pris mon assiette et je suis monté. Même mon vieux pote IT me regardait de travers, ça m'a blessé.

Je le rejoins et empaume son cou pour coller nos fronts.

— La Police nous aidera à y voir plus clair, OK ? lui demandé-je d'une voix douce.

Il opine et me sourit faiblement. La peur que je lis dans ses yeux n'est pas pour me rassurer, loin de là. S'il craque lui aussi, je ne donne pas cher de notre peau.

Avec l'espoir de l'apaiser, je prends l'initiative de l'embrasser. Je suis content lorsqu'il ne me repousse pas et ose même réclamer que nous approfondissions ce délicieux moment. Ce que je lui concède avec joie, parce que ce baiser est juste fabuleux. Son corps ondule contre le mien au rythme des caresses de sa langue dans ma bouche. Je gémis quand il s'attarde sur mon palais sensible. Ah merde, il est doué, le bougre…

Il me serre plus fort que j'ai soudain un début d'érection.

— Hey, les gars ! Magnez-vous !

Chucky est encore loin, cependant nous réagissons comme si nous étions pris sur le fait. Nous nous écartons subitement et lissons nos fringues. J'ai du mal à ne pas sourire, tellement je suis émoustillé.

— Bien…

— Oui, allons-y, conclut-il.

Nous ramassons nos sacs et descendons les escaliers. Nous échangeons des regards chargés d'une tension sexuelle inédite.

Nous rejoignons Chucky dans la cuisine, tenant d'une main fébrile une tasse de café fumante.

— Je sais pas si je pourrai partir sans Norman, répète-t-il son propos de tout à l'heure dans le couloir.

— Hors de question de te laisser ici seul, réitéré-je à mon tour.

— Ou flippes-tu à la perspective que la Police vienne fourrer son nez ici ? balance Michael de but en blanc.

Sa question me choque. Chucky se renfrogne et montre les dents.

— Contrairement à toi, je n'ai aucun mobile !

— Wow wow wow… lâché-je, m'interposant entre eux. Ce n'est pas le moment de s'accuser les uns les autres ! Nous *devons* partir de cette fichue baraque.

— Tu vas retrouver Jason, je parie, poursuit Chucky.

— Je ne rentrerai pas dans ton petit jeu d'insinuations gratuites, rétorqué-je sèchement. Quatre d'entre nous ont d'ores et déjà disparu. Nous ne serons pas les suivants. Nous restons ensemble jusqu'au bout, puis la Police prendra le relais. Du calme !

Sur ce fragile consensus, nous vidons nos tasses de café et partons. Chucky claque la porte d'entrée et s'éloigne.

— Tu ne la fermes pas ? lui demande Michael.

— À quoi bon ? Les agressions ont eu lieu à l'intérieur et ils doivent utiliser un accès qui nous est inconnu.

Il n'a pas tort, j'avoue. Nous descendons du perron et je m'arrête un instant pour me retourner sur cette étrange maison. Finira-t-elle par nous livrer ses mystères ? Saurons-nous ce qu'il est advenu de nos amis ? J'ai le cœur lourd de tristesse.

— Freddie ?

Les deux autres sont cinq mètres plus loin et patientent que je les rejoigne. J'ai enfilé mon sac de voyage en sac à dos, par-dessus mon gros manteau. J'ajuste mon bonnet sur ma tête et reprends mon chemin. Il fait à peine jour et des nappes basses de brouillard nous lèchent les chevilles. Drôle d'atmosphère. Aussi lugubre que l'ambiance entre nous trois.

Il règne un silence anormal et nous n'entendons que le bruit de nos pas dans les cailloux de l'allée. Nous pénétrons dans le bois qui mène au portail, sans échanger un mot. J'avance en fixant mes pieds, afin d'éviter toute nouvelle confrontation avec mes compagnons d'infortune. Notre amitié non plus ne survivra pas à ce week-end, je le crains.

— Qu'est-ce que… ?

— Oh, mon Dieu ! hurle Chucky.

Je rentre à moitié dans Michael et il me faut une seconde avant de trouver ce qui les met dans un tel état de choc. Ils fixent un point en l'air, avec une main sur la bouche et une expression horrifiée.

Je manque à mon tour de défaillir dès que je découvre le corps pendu à quelques mètres du portail.

— Ibrahim ? marmonne Michael avec incrédulité. Oh non… Ibra !

Nous courons vers lui. Il est suspendu si haut que nous ne pouvons l'atteindre. Chucky se précipite vers l'arbre où l'autre extrémité de la corde est nouée.

IT gît, le cou brisé et le teint morbide.

— Non ! ordonné-je, sautant sur Chucky. Nous ne devons pas le décrocher !

— Il n'est peut-être pas mort, Freddie !

Je n'ai d'autre choix que de l'agripper par le manteau, afin de l'arrêter. Les mots que je souhaite lui dire n'arrivent pas à franchir mes lèvres, néanmoins il les devine.

— Non… Non… Il n'est pas… Non.

Il fond en larmes dans mes bras et je le laisse s'épancher une minute. Un peu plus loin, Michael semble perdu et ne sait où poser le regard, hagard. D'entre nous, il est celui qui connaissait IT depuis le plus longtemps.

— Allons-y, ordonné-je.

Je dois tirer Chucky par le bras pour le forcer à poursuivre. Nous atteignons le portail enchaîné. Tandis que les deux autres sont sous le choc, je me charge de tourner le cadenas vers nous et former le 666 qui est notre sésame. Quand j'y pense, avec le recul, quelle ironie… Le 666 nous avait fait marrer, alors qu'il aurait dû nous mettre la puce à l'oreille et nous faire réfléchir à deux fois avant d'entrer dans cette propriété.

— Ça ne marche pas, constaté-je avec la plus complète incrédulité.

— Quoi ?

Michael veut vérifier, je lui cède volontiers ma place. Il tourne les mollettes numérotées, recompose 666 et… rien. Jason se serait-il planté lorsqu'il l'a refermé hier matin, dans la précipitation ?

Un vieux type sur son tracteur passe au même moment sur le chemin de l'autre côté du portail, et nous hurlons afin d'attirer son attention. En vain. Nous avons beau agiter les bras, sauter en l'air et nous égosiller, il ne nous voit pas et s'éloigne.

— C'est comme si nous étions devenus invisibles au reste du Monde, dis-je sous le choc.

Puis, soudain, tout part en vrilles. Chucky serre les poings, l'air mauvais.

— C'est toi, hein ? Espèce d'enfoiré…

Il n'en a pas après moi, mais Michael vers lequel il avance, en l'accusant d'un index inquisiteur.

— IT t'a entendu te disputer avec Carrie, la nuit de sa mort !

Ouh là… Il est donc au courant.

— Norman a eu Bella au téléphone, la semaine dernière !

Michael se rembrunit à ces propos et je prends peur devant son expression haineuse.

— Elle lui a tout raconté, salopard !

Quoi ?! Qu'est-ce qu'il raconte ?

— Elle… !

Ses mots meurent dans un étranglement de voix. D'une main, il s'agrippe au manteau de Michael, pendant qu'il se plie lentement. Lorsqu'ils s'écartent l'un de l'autre, je n'en crois pas mes yeux. Michael tient en main un couteau désormais ensanglanté.

— Chucky ! crié-je, fonçant vers lui.

Celui-ci atterrit au sol, sur le flanc.

— Non ! m'arrête-t-il. Sauve-toi, Freddie ! C'est lui ! C'est lui qui les a tous tués ! Va-t'en !

Il me chasse d'un geste du bras, pendant que de l'autre il essaie de retenir le sang coulant à flots de sa plaie. Mon cœur s'emballe, j'ai une poussée d'adrénaline qui déferle dans mes veines. Mon regard se déplace de Chucky à Michael, lequel me fixe avec l'intérêt d'un prédateur, un fou assoiffé de tuer.

Lorsqu'il avance d'un pas vers moi, je ne perds pas mon temps à obtenir des réponses, je tourne les talons et détale tel un lapin.

Oh, putain de bordel de merde ! C'est Michael. Impossible !

Je cours sans me retourner, mais pour aller où ? Je l'ignore. Il n'y a aucune échappatoire. Le portail est derrière moi. Pourrais-je escalader le mur d'enceinte derrière la chapelle ? Il m'a semblé moins haut par-là, hier. Ou tenter sur le devant la portion de haie grillagée ?

Bêtement, je prends une direction différente. Quel con ! Mes pieds me ramènent à la maison. Et dire que je croyais ne pas avoir à y revenir de sitôt… En cas de panique, nous ne prenons pas toujours les bonnes décisions, n'est-ce pas ?

En contournant le massif de fleurs, je remercie par la pensée mon père qui m'a poussé à m'inscrire au club d'athlétisme, au lycée. J'étais un bon coureur de fond, et je n'ai rien perdu en endurance, malgré l'unique jogging hebdomadaire que je m'impose entre deux gardes, afin d'évacuer ma fatigue.

Je ne daigne pas vérifier, parce que j'ai trop la trouille, toutefois j'entends le souffle saccadé de Michael et ses pas lourds derrière moi. Je suis condamné à être assassiné par l'homme que j'aime. Belle ironie encore une fois, non ?

Je pleure, alors que je grimpe sur le perron en deux foulées. Je fais irruption dans la maison après m'être vautré contre la porte. Quand j'aperçois les clés dans le vide-poches, je fonce les récupérer. Je referme la porte avec l'intention de la verrouiller lorsque Michael me rattrape et la défonce d'un coup d'épaule qui m'envoie voler à plusieurs mètres. Je tombe sur le dos, et par chance mon sac de voyage amortit à moitié ma chute. Je glisse sur le sol et réussis tant bien que mal à me relever.

Je fonce vers le salon dans l'espoir de mettre la main sur une quelconque arme qui pourrait m'aider à sortir vivant de cette tentative de meurtre. J'aimerais réfléchir à la situation, cependant je n'ai pas ce loisir.

Je suis soudain happé en arrière et par réflexe j'abandonne mon sac à mon poursuivant déchaîné et déterminé à m'ôter la vie. Il s'agit du même homme qui m'embrassait avec passion, il y a environ un quart d'heure. Comment ne pas être confus ?

— Viens là ! hurle-t-il juste avant de me tomber sur le dos.

Nous basculons par-dessus le dossier du canapé et roulons au sol. Il perd son couteau dans la bagarre, mais parvient à m'immobiliser sous lui. Il me chevauche d'un air conquérant.

— Te voici enfin à ma merci, mon joli, dit-il avec délectation.

— Je n'avais pas exactement imaginé cette scène de cette manière, cinglé-je.

Nous sommes essoufflés et nos mouvements sont gênés par nos manteaux. Il me maintient par les poignets, tandis que j'essaie de m'extraire de cette immobilisation qui pourrait s'avérer fatale pour moi.

— Explique-toi, Michael. J'ai au moins droit à ça.

Je pleure toujours et ma vision n'est pas très nette.

— Droit à quoi ? Savoir la vérité ? ricane-t-il. J'ai buté tout le monde, ça ne te suffit pas comme explication ?

Je lui résiste, j'essaie de me soustraire à son emprise. Il est beaucoup plus fort, mais qu'importe, ma survie en dépend. Je ne mourrai pas sans me battre.

— Tu as tué Jason !

— Ah non… s'enorgueillit-il. Il a été assez stupide pour le faire tout seul. Il a certainement crevé de froid, la nuit dernière, paumé Dieu sait où dans la cambrousse, ah ah ah… Ou un crocodile l'a bouffé.

Le bayou n'est pas si loin, hélas.

Je lâche un sanglot.

— Espèce de salaud ! craché-je.

Le démon montre son véritable visage et me brise le cœur, par la même occasion. Ma désillusion est monumentale.

Je m'agite de plus belle, lui balance un coup de coude dans le ventre, qu'il encaisse sans broncher.

— J'avoue, il m'a surpris quand il est parti. J'avais versé du sucre dans le réservoir des 4X4. Pas assez, apparemment. Il m'a fallu en rajouter dans le second, durant l'après-midi, pendant que tu aidais IT à ôter les toiles d'araignées dans ses yeux à l'étage, afin de m'assurer que personne ne puisse l'utiliser.

Je ne dois pas céder à l'abattement… Je ne dois pas céder à l'abattement… Je dois positiver ! Il n'a pas tué Jason, j'ai donc encore une chance qu'il revienne et me sauve.

— Pourquoi, Michael ? Pourquoi ?! C'étaient nos amis…

Il semble éprouver un malin plaisir à me maîtriser. Par conséquent, j'ai encore plus envie de le frapper. Bien que je commence à fatiguer et que j'aie de plus en plus chaud. À deux mètres, la cheminée brûle toujours paisiblement.

J'observe Michael. Il a visiblement renoncé à son couteau, ce qui m'octroie une courte trêve.

— Carrie, dit-il avec venin, cette pute… Elle est allée raconter à Bella que je l'avais trompée avec elle, quelques semaines plus tôt. Et comme je venais de demander Bella en mariage… Elle a rompu.

J'en reçois un coup au cœur plus brutal qu'une lame aiguisée.

— Tu l'as demandée en mariage ? répété-je pitoyablement.

— Je voulais me marier avec elle. Fonder une famille. Avoir l'épouse parfaite à mon bras lors des galas.

Oui, forcément.

Je détourne le visage, incapable de lui dissimuler la peine que provoquent ses mots.

— Qu'est-ce qu'il t'arrive, mon petit Freddie ? me nargue-t-il avec arrogance. Tu croyais vraiment pouvoir croquer du Michael ?

— C'est toi qui m'as fait du rentre-dedans ! lui rappelé-je, offusqué.

— Je n'ai pas eu à beaucoup te pousser, hein ?

Je rougis encore plus. Je devine soudain pourquoi il ne m'a pas encore tué et ce qu'il attend de moi. Néanmoins, je dois gagner du temps.

— Qu'est-ce que tu veux, à la fin ?!

— C'est de ta faute. Je voulais que tu sois mon chant du cygne. Mais Ibrahim m'a entendu me battre avec Carrie. Puis Norman m'a surpris en train de rentrer quand je revenais d'aller pendre IT près du portail. Chucky et Norman avaient tout compris. Mais ils ne savaient pas que je comptais tuer tout le monde, *avant même de quitter New York*.

— Jason et moi n'avons rien à voir dans cette histoire !

— Témoins gênants, explique-t-il. Dommages collatéraux.

— Enfoiré !

Ma hargne me fournit un regain d'énergie et j'arrive à me soulever sous son poids, grognant de rage.

— Tout ça pour cette pouf manipulatrice de Bella !

Je le désarçonne suffisamment en vue de rouler sur le ventre et l'entraîner vers l'avant. Il est hélas plus rapide et me bloque à nouveau, sur le ventre cette fois. Il plaque son torse contre mon dos et se penche sur mon cou qu'il embrasse. Je me débats toujours. En vain. Je manque de plus en plus d'air. À ce rythme, je mourrai étouffé par lui.

— Je n'ai jamais compris pourquoi mes ex ne t'aimaient pas.

— Tu as tort ! Carrie m'adorait. Et moi aussi, je l'adorais !

— Que me caches-tu, Freddie ? me demande-t-il, s'amusant à mes dépens.

— R-Rien !

— Tu mens. Mal, en plus.

— Je t'emmerde, assassin !

Il bloque ma tête avec son bras et se met à me peloter de l'autre.

— Allez, Frederick. Lâche le morceau.

Comme cet homme est vaniteux… Il jubile à me martyriser, simplement dans le but de flatter un ego plus gros que je le croyais. Me serais-je trompé à ce point sur lui ? Je l'ai pourtant observé toutes ces années ? Avec la dévotion et la fidélité d'un idiot.

Cette pensée m'achève. Suis-je passé à côté du grand amour, trop obnubilé sur Michael que j'étais ?

Je me mets à sangloter pitoyablement. J'ai tout perdu. Jason, mes amis, et bientôt… ma vie. Bien que je me sois promis il y a longtemps de mourir en emportant mon secret, je finis par lui céder.

— Je t'aime, soufflé-je.

J'ai cessé de lutter. Je reconnais ma défaite.

Il me retourne sur le dos, pas certain de m'avoir bien entendu.

— Répète, m'ordonne-t-il froidement.

Je déglutis avec difficulté.

— L'homme que j'aime est un type brillant, beau et toujours très classe, dis-je d'un ton las et résigné. Il m'a dit un jour combien il était fier de moi, quand j'ai obtenu mon diplôme d'infirmier et ses félicitations sont la principale chose dont je me souviens.

Je trouve l'audace de soutenir son regard, tandis que je poursuis.

— C'est con mais, Michael, je t'aime d'aussi loin que je me souvienne.

— Tu m'aimes ? insiste-t-il.

— Oui, je t'aime ! C'est pour ça que je refuse de croire que tu es coupable de cette tuerie !

Une sirène tonitruante retentit tout à coup et Michael me sourit de manière énigmatique. Une voix féminine digne d'une grande gare annonce alors :

« La partie est terminée ! Bravo, Michael, vous avez gagné. »

Hein ?

9 : La vérité

La suite me tombe dessus en moins de deux secondes. Le lustre se met à clignoter et une foule de gens déboule par tous les accès du salon en tapant dans leurs mains.

Je frôle la crise cardiaque, bien sûr.

Michael se soulève et je m'écarte à toute vitesse de lui. Au milieu des sifflets et des applaudissements, j'aperçois mon meilleur ami et je me rue sur lui.

— Jason !

Carrie vient compléter notre étreinte et mes larmes de tristesse se transforment en larmes de joie. J'ignore qu'il se passe et je m'en contrefous. Seul compte le fait de les revoir vivants.

Quelqu'un qui caresse mes cheveux attire mon attention, j'ouvre les yeux sur IT, Norman et Chucky qui me sourient. Peut-être suis-je mort d'une crise cardiaque foudroyante et arrivé au Paradis ? Ils tapotent mon épaule, m'adressent des félicitations dont j'ignore le motif.

Lorsque je m'apaise légèrement, je m'écarte d'eux, palpe leurs visages. Ils n'ont rien, semblent indemnes. *Merci, mon Dieu !* Quel soulagement.

Carrie rayonne de bonheur. Elle montre son bras.

— Regarde, tu m'as fichu la chair de poule tout du long. Waouh !

— Effectivement, ris-je. Que s'est-il passé ?

Jason tape mon torse avec le plat de sa main.

— Tu as été magnifique. J'ai chialé avec toi, hier soir. J'te jure, bro !

En plus de mes amis, il y a d'autres personnes que je ne connais pas du tout. Je cherche et repère Michael, en pleine discussion avec un médecin – si j'en crois son accoutrement – et un type tenant un dossier en main qui paraît encore plus exalté que moi. C'est dire…

Je ne remarque qu'en dernier un caméraman braqué dans ma direction et en train de nous enregistrer.

— Qu'est-ce qu'il se passe ? répété-je parce que personne ne me répond.

Jason appelle Chucky. Je l'enlace dès qu'il se trouve à portée de mes bras. Nous partageons une accolade virile.

— Franchement, mec, éructé-je, durant tout le week-end je ne t'ai pas reconnu. Toi, toujours si pondéré… Je ne t'avais jamais entendu t'énerver ou hausser la voix auparavant.

— Ai-je surjoué ? me demande-t-il.

— Surjoué quoi ? répliqué-je.

Je ne suis pas débile, je vois bien qu'il s'agit d'une espèce de canular à la *Trick or Treat* digne d'un bon Halloween, mais tout de même, c'est poussé un peu loin le bouchon, non ? Michael et moi aurions pu nous blesser mutuellement.

Bordel !

Je viens de me confesser à lui !

— Jim ! hèle-t-il un des gars en compagnie de Michael.

Pendant que l'individu au dossier nous rejoint, Chucky éclaire ma lanterne.

— Il y a quelques mois, Jim m'a contacté au sujet de son projet d'émission télé.

— Une émission télé ? Tu veux dire que tout le monde va me voir chialer en disant à Michael que je suis amoureux de lui ?

Je blêmis.

— Non, il s'agit du pilote, rectifie-t-il.

— Pilote ? Pas sûr, intervient ledit ami. Bonjour, Freddie, et bravo, tu viens de me faire vivre les trois meilleurs jours de l'année. Tu as été *fantastique* !

— À mon insu, hein, ajouté-je.

— À ce propos…

Il me tend son dossier et sort un stylo de sa poche.

— Je t'invite à signer… ici.

J'ai beau avoir saisi le stylo, je ne suis pas certain de vouloir obtempérer.

— Signer pour quoi ?

— Oh, pardon, je suis tellement excité, que j'en oublie les bonnes manières. Je suis Jim, le propriétaire de cette belle maison des horreurs et réalisateur pour Jerry Bruzeimer.

Jerry Bruzeimer est juste l'un des plus grands producteurs de shows et de séries télé du pays. Waouh…

— Au début, je ne voulais vous utiliser que pour le pilote, mais quand j'ai visionné les rushs que nous avions déjà, j'ai réalisé le potentiel que nous pourrions tirer de votre performance !

— À mon insu, répété-je.

— Freddie, intervient Chucky, le titre de l'émission est *Confessions ultimes*. Je vois bien que tu es un peu perdu, là tout de suite, néanmoins fais-nous confiance, signe ce document.

Je déglutis difficilement et me tourne vers Michael qui demeure en retrait, près de la cheminée, avec les mains dans les poches. Il me sourit et cille. Si même lui est d'accord…

Je finis par signer. Un peu à contrecœur.

— Si j'arrive à vendre vos images, je pourrai en constituer facilement plusieurs épisodes.

Carrément ? J'en suis bouche bée.

— Il va de soi que vous toucherez des dividendes, si tel est le cas.

Dire que je suis confus est un euphémisme.

Michael.

Je les abandonne et vais le rejoindre. Je me plante devant lui, à quelques centimètres, sans oser le toucher. Il y a encore quelques minutes, nous étions en train de combattre à mort. Et il tient toujours mon cœur dans la paume de sa main. Une autre peur m'étreint soudain.

— Commence par enlever ton manteau, tu cuis à vue d'œil, raille-t-il.

Il m'aide à m'en délester sur le canapé voisin.

— Alors ? lui demandé-je en guise de bouteille à la mer.

— Pas ici, pas maintenant, me chuchote-t-il.

— Oh. Je vois.

Comme je l'avais supposé, il va désormais tirer un trait sur ce que nous avons vécu.

— Non, tu ne vois pas, Freddie. Seulement, je n'ai pas très envie de me confesser à toi devant tout le monde. C'est tout.

Il masse nerveusement sa nuque et je fonds. Il est tellement… Eh merde.

Je saute à son cou et l'embrasse avec toute la passion et la force que je possède. Sans surprise, nous provoquons les sifflets et les applaudissements de notre public. Peu importe.

Son goût m'enivre, j'en ressors essoufflé, le nez posé contre sa joue, pendant que je recouvre ma respiration.

— Pourquoi t'être ainsi joué de moi ? lui demandé-je d'un ton triste.

— Oh, c'est une longue histoire. Tu sais ? Celle que je voudrais que nous ayons en privé. Mais soit. Attends.

Je reste lové contre lui. Il m'a fait si peur tout à l'heure que j'ai besoin d'un contact concret rassurant. Nul doute que mes poignets seront marqués durant plusieurs jours.

— Bonjour, je suis docteur. Avez-vous besoin de soins ? Tout à l'heure, vous avez fait une sacrée chute.

Je lui montre donc mes bras et me soumets à une rapide auscultation. Je réponds à ses questions et il repart après quelques minutes, rassuré sur mon état. Je mets dans une poche de jogging le tube de crème anti-coups qu'il m'a donné.

— Et toi ? interrogé-je Michael.

— Il m'a déjà examiné.

— Ah bon ?

Chucky, Carrie et Jason sont de retour à nos côtés.

— J'allais expliquer à Freddie l'origine de notre piège machiavélique, déclare Michael avec une pincée d'humour.

Carrie s'accroche à mon bras.

— Merci d'avoir tout donné pour te porter à mon secours, me chuchote-t-elle avant de déposer un baiser sur ma joue.

— J'étais mort d'inquiétude. Et Jason…

Je prends sa main, et mes émotions s'emballent de nouveau.

— Ça va aller, promis.

— J'ai cru que je vous avais perdus, chuchoté-je, en manque de voix.

Faute de larmes, je pleure à sec.

— Asseyons-nous, nous invite Chucky.

Dans le salon, les autres discutent joyeusement sur le succès de ce week-end.

— Michael…

— OK, dit l'intéressé. Il y a quelques semaines, Bella et moi avons encore eu une de ses disputes dont elle était si friande.

— Mais vous êtes séparés, hein ?! éructé-je.

Jason me balance aussitôt une tape derrière la tête.

— Tais-toi deux minutes, crétin. Évidemment qu'ils ont rompu.

— Hum… OK. Donc, Bella me tapait encore une crise. À un moment, elle s'est mise à me parler de toi.

— Mauvaise idée, marmonne Carrie, amusée. Elle n'est vraiment pas finaude.

— Moi ? demandé-je. Qu'est-ce que j'avais à voir là-dedans ?

— Bonne question, ricane-t-il. Toutefois, elle parlait clairement de toi comme d'un rival. Je t'épargne les détails insultants. Cependant, elle m'a donné matière à réfléchir.

— Le lendemain, enchaîne Carrie en s'adressant à moi, il m'a appelée pour savoir si tu t'étais jamais intéressé à lui.

— La seule réponse que j'ai obtenue de cette bourrique, c'est un fou rire et une raillerie, puis elle m'a raccroché au nez.

— Tu ne méritais rien d'autre de ma part que mon plus profond mépris, élude-t-elle avec un geste dédaigneux de la main. Tu finis toujours par rompre parce que tu trouves que ton ou ta partenaire ne t'aime pas suffisamment, alors que durant plus de quinze ans tu avais quelqu'un prêt à mourir pour toi, même de tes propres mains. Saligaud, va.

— Alors, j'ai appelé Jason, continue Michael imperméable à ses reproches.

Cette fois, je me tourne vers mon meilleur ami.

— Et je lui ai tout déballé, annonce Jason fièrement.

— Tout ? l'interrogé-je avec appréhension.

— Oui, tout !

— Il n'a pas manqué de me proférer les menaces d'usage si je venais à te blesser, confesse Michael avec embarras.

— Oh que oui, confirme Jason.

— Il m'a brutalisé juste avant, râlé-je.

— Et nous avons dû retenir Jason de foutre en l'air le final parce qu'il voulait se précipiter à ton secours, ajoute Chucky.

— Je ne te parle même pas d'hier soir quand nous te regardions en train de pleurer tout seul dans ta chambre... dit Carrie.

Attendri, je caresse la joue de mon frère. Je dessine un cœur avec mon doigt sur mon torse et il m'envoie en retour un baiser dans les airs. Attention, je n'oublie pas le tour de cochon que tous mes proches viennent de me jouer. Je suis juste trop las, je n'ai plus l'énergie de batailler contre eux. De plus, j'ai trop besoin d'obtenir toutes les réponses aux questions accumulées ces derniers jours pour m'énerver tout de suite.

— J'ai donc pris du temps, médité tout ça, enchaîne Michael avec sérieux. C'était important. *Tu es* important, me dit-il.

— J'entre dans l'équation à ce moment-là, intervient Chucky. Je bossais avec Jim sur son projet d'émission, et il voulait tourner son pilote.

— Alors, un soir… continue Carrie. Nous nous sommes rassemblés chez Chucky.

— Norman était là aussi.

Elle pouffe.

— Il comatait avec son pétard dans un fauteuil, autant dire qu'il n'a pas été utile à grand-chose.

— Hey ! peste le concerné un peu plus loin. J'ai porté cette fichue caméra et une oreillette durant deux jours. Sans me faire choper par Freddie, qui plus est, alors hein…

Il agite ses lunettes sur son nez et sort le mini appareillage de son oreille. Oh, bon sang, je comprends mieux. L'infection oculaire est bidon. J'aurais dû m'en douter, il ne garde jamais ses dreadlocks détachées.

L'enfoiré me balance un clin d'œil, fier de lui. Il se détourne dès qu'un technicien vient le voir.

— Il y a des caméras et des micros partout ici, explique Chucky. Elles n'ont rien loupé de nos moindres faits et gestes.

Je rougis fortement.

— Vraiment ?

— Vraiment, me répond Jason avec un regard appuyé.

— Même dans la salle de bain, complète Carrie.

— Est-ce légal ?

— Tu as signé, me rétorque Chucky, mort de rire.

— Et cet obsédé de Damon, que tu vois là-bas, s'est bien rincé l'œil sur toi durant tes douches. Hein, Damon ?!

Éhontément, le gars tend un pouce levé vers nous et me gratifie d'un clin d'œil.

— Le vieux Bill m'a filé une copie des rushs, déclare-t-il d'un ton lubrique.

— Le vieux Bill t'a refourgué une heure de rush dans la cuisine où il ne se passe rien, réplique un homme bedonnant que je suppose être ledit Bill et qui pourrait être le cultivateur sur son tracteur croisé tout à l'heure.

Oh, mon Dieu. Suis-je en train de rêver ?

— Est-ce qu'une sextape de moi va atterrir sur le Net ? lâché-je, grimaçant.

— Cela ne se produira pas, me promet Jimmy depuis le seuil.

Je découvre l'envers du décor. Des gens repositionnent ici et là des objets, vérifient les câblages. Mon regard sur ce lieu effectue un virage à 180 degrés.

— Pour en revenir à toi, reprend Michael en parlant de moi, je m'y suis plié parce que ces trois-là étaient d'accord pour m'assurer que tu ne te confesserais jamais en temps normal.

— De là à aller aussi loin, me plains-je.

— Oh, Freddie, je t'en prie… éructe Jason. Michael est ta kryptonite !

— Ils avaient raison, je l'ai expérimenté hier, ricane Michael. Tu n'as eu de cesse de me repousser.

— Je nous croyais en danger, me justifié-je.

Jason soupire si fort que je lis entre les lignes.

— Oh, c'est bon, hein ? ronchonné-je.

Jimmy apparaît auprès de nous.

— Nous allons partir. D'ici une bonne demi-heure, le temps de remplir les camions avec les bandes et le matériel dont nous aurons besoin à Hollywood. Le gardien viendra au moment de votre départ.

Eh bien, eh bien… J'apprends plein de choses.

— Nous aussi ? demandé-je.

— Non, vous ne repartez que demain, il me semble. Nous avons tout éteint, y compris le brouilleur de réseau. La maison est à vous. Encore merci. Chucky vous tiendra au courant de la suite de notre affaire.

Il serre nos mains. Entre-temps, la pièce s'est vidée. IT et Norman se sont posés près de nous. Ibrahim porte une bonne couche de maquillage sur le visage, et j'aperçois un morceau de harnais dépassant de son col de sweat. Je reconnais le subterfuge.

— À bientôt, conclut Jimmy qui s'éloigne déjà. Nous laisserons le portail ouvert !

— En gros, il nous confie sa maison, dit Norman.

— Sommes-nous réellement chez lui ? demandé-je.

— Oui, répond Chucky, c'est lui qui vient d'en hériter, et non moi. Je suis déjà venu, il y a quelques mois. En été, l'endroit est vraiment sympa.

D'instinct, je me tourne vers le portrait de la femme qui m'a tant glacé le sang, et elle me semble étrangement moins effrayante.

— Elle s'appelait Sarah. Et contrairement à ce que ses habits laissent à penser, c'était la tante de Jimmy. Une femme fantasque, d'après ses dires. Qui a préféré louer ses terres agricoles pour devenir rentière, plutôt que de s'en charger elle-même.

— Donc, Jimmy les possède dorénavant, déduis-je.

— Tout à fait. Les profits lui servent à entretenir la propriété.

Un véritable gouffre à fric, j'imagine. Bien que je ne le verbalise pas à haute voix.

— Qu'en est-il des tombes dans le cimetière ? demandé-je. Était-ce vrai ?

— Non, répond Chucky. Voici la véritable histoire… Sarah a perdu son unique enfant dans les années 70. Mort subite du nourrisson.

— Donc, un enfant est effectivement mort ici, dis-je.

— Oui. Sarah a ensuite perdu son mari dans un accident de voiture, en 1986. Après, elle est restée veuve, elle n'a jamais refait sa vie. En revanche, elle a accueilli des jeunes filles et des femmes en convalescence, qui avaient besoin d'un climat adapté afin de guérir de maladies pulmonaires. Certaines d'entre elles sont en photo dans nos chambres.

— Seulement une partie ? m'enquiers-je.

— Oui. Elle en a hébergé plus d'une vingtaine, en tout sur plus de deux décennies. Chuck m'a raconté qu'au fil des ans, elles ont continué à venir ici, à La-Salle's Manor, d'abord seules, *puis* avec leurs époux, *puis* leurs enfants et petits-enfants. Il a toujours connu cette maison pleine de rires et de cris d'enfants.

LaSalle's Manor, voici donc le véritable nom de cet endroit. Un nom français, dans un État qui était autrefois une colonie française. Logique.

— Je les ai entendus, précise Carrie d'une main levée.

— Moi aussi, confirmé-je.

— Jimmy semblait content d'avoir pu en enregistrer, ce week-end, ajoute Jason. Apparemment, il s'agit d'un impondérable depuis le décès de sa tante.

Idiotement, je suis rassuré d'entendre que Jason et Carrie ont été près de moi tandis qu'ils me piégeaient. Devrais-je être plus en colère après eux, ou pas ? Aujourd'hui, je n'ai hélas aucun recul suffisant, ah ah… Il se peut que demain j'aie réellement envie de tous les tuer. Je me transformerais alors à mon tour en fou sanguinaire.

— Chucky m'a aussi raconté qu'au moment de la mort de Sarah, toute la tribu – familiale ou non – a déboulé au complet. Et Sarah est morte au milieu du brouhaha ambiant, avec le sourire. Il pense que ce sont ces derniers instants qui résonnent en écho dans cette maison.

Son récit me serre le cœur. Quelle belle histoire…

Ce yoyo émotionnel m'use totalement.

— Où se situe sa tombe ? En ville, comme tu nous l'a dit ou… ?

— Non, ici, sous un chêne centenaire, au nord de la propriété.

— Je crois que j'irai m'y recueillir avant notre départ, annoncé-je avec prudence.

— Nous irons ensemble, me propose Carrie.

Je sors mon portable et pousse un cri de joie en découvrant quatre magnifiques barres de réseau. Heureusement qu'il est sur silencieux, sinon la pièce se remplirait de notifications et de sonneries en tout genre.

— Youhou !

Il est près de 9 heures du matin. Je me lève en réclamant la main de Michael dans la mienne. Sans une once d'hésitation, il me la donne et se lève.

— Je réquisitionne la salle de bain ! déclamé-je. Rendez-vous à midi ou avant pour le déjeuner, OK ?

Nous avançons de trois pas et je m'arrête, me retourne vers mes potes avec un sourire froid.

— Bande de bâtards… Vous me le paierez d'une façon ou d'une autre.

Bien sûr, je soulève un tollé général. Je ne les effraie pas une seconde, ces enfoirés. Emmerdeur jusqu'au bout, je bombe le torse et embarque Michael dans mon sillage.

Nous atteignons tranquillement les marches, que nous montons du même côté, cette fois.

— Aurai-je aussi droit à ta vengeance ? me demande-t-il.

— Ça dépend, mens-je. J'attends toujours une déclaration d'amour en bonne et due forme. De plus, je suis recouvert de bleus, par ta faute, me plains-je.

— Et si je te faisais un bisou magique sur chacun d'eux ?

L'idée est enfantine, mais efficace, car je rougis fortement.

— Je suis même prêt à déposer un baiser à chaque endroit que tu me désigneras.

J'en ronronne d'aise.

— C'est déjà mieux, dis-je, royal.

Il ricane dans sa moustache. L'affaire est entendue.

10 : La dernière journée

— Là, indiqué-je avec l'index et mon plus bel air boudeur.

À genoux devant moi dans la salle de bain fermée à double tour, Michael me sourit avant de déposer un baiser délicat au-dessus de mon rein droit. J'ai ôté mes baskets, mon sweat et mon polo.

Je mets la crème anti-coups et mon portable sur le lavabo.

— Tu marques facilement, se moque-t-il.

— C'est toi, la brute, rétorqué-je. Et pour ton information, j'ai horreur des disputes, de la violence qu'elle soit physique ou non. Si tu me frappes, je te pète les genoux et je te quitte, compris ?

— Je ne te ferai pas pleurer sans ton consentement, insinue-t-il.

Je me tourne face à lui, l'air mutin.

— J'ai assez versé de larmes pour aujourd'hui, c'est ton tour.

— Oh… Génial.

Je réalise soudain un point crucial.

— Enfin, peut-être.

— Pourquoi ?

— Je n'ai ni préservatif ni lubrifiant, avoué-je.

— Regarde dans le placard, me dit-il.

J'ouvre la porte d'une colonne et trouve la caverne d'Ali Baba.

— Waouh ! Jimmy organise des orgies ici, ou quoi ?

Michael ricane.

— Je ne crois pas, non. Même si pour le coup, ça nous arrange.

— Tu as raison, ris-je.

Sans me priver, je farfouille parmi les différentes boîtes de capotes, en choisis une à ma taille et débusque un flacon de lubrifiant providentiel. Par acquit de cons-cience, je l'ouvre et le respire.

— Il fera l'affaire, dis-je.

Mon nouveau petit ami se montre entreprenant, il a crocheté mes derniers habits avec deux doigts, sur mes hanches, et s'évertue à les descendre subreptice-ment. Du bout du pied, je palpe son entrejambe et il glapit.

— Laisse-moi me laver avant, s'il te plaît.

— Non, réfute-t-il. Je veux d'abord m'imprégner de ton odeur.

Sur ces mots, il fourre son nez dans ma toison pubienne et hume fortement. Oh, bordel ! Mon sexe se réveille à cette simple stimulation. Lorsque sa langue parcourt la base de mon pénis, je gémis bruyamment.

— Je n'ai pas été avec un homme depuis un certain temps.

Je m'esclaffe et me penche sur lui.

— Mon pauvre petit bisexuel, je vais te montrer le droit chemin. Le bon. Viens… Viens, l'invité-je à se relever.

Il semble un peu dépité de renoncer à mon entre-jambe. Quel flatteur. Je me colle à lui, le temps de virer mes fringues avec mes pieds.

Je l'embrasse avec tendresse, avec paresse.

— Nous ne sommes pas obligés d'aller au bout, aujourd'hui, dis-je. Si tu préfères…

— Non, souffle-t-il contre mes lèvres. J'ai besoin de te sentir en moi. Je ne pense qu'à ça depuis hier.

Voici qui règle la question que j'étais sur le point de formuler. En homme intelligent, Michael m'a devancé.

— Bien.

Cette fois, nous nous embrassons avec plus de virilité. Je lui cède les rênes, pendant que je le déshabille. Michael est beau, et plus musclé que moi. Il possède une pilosité fournie sur les jambes qui me rend complètement dingue. Je le caresse, mes doigts peignent ses boucles.

— Tu sais que Jason m'a convaincu de m'entraîner à la course.

— Ah oui ? lâché-je, d'une oreille distraite.

— J'avais oublié la fois où tu avais poursuivi à Miami le voleur sur son scooter, rit-il.

— Il venait de piquer le sac de Samara, me rappelé-je. Que j'ai récupéré en lui arrachant à moitié le bras.

— Eh bien, tu m'as refait le même coup ce matin. Comment j'ai galéré pour te rattraper avant que tu me claques la porte au nez, ah ah ah…

— J'ai encore un bon chrono, à mon âge, plaisanté-je. Surtout quand je suis talonné par un type athlétique déterminé à avoir ma peau et brandissant un couteau.

— Oh… Je suis athlétique ? Je soulève un peu de fonte, se vante-t-il.

— Pas trop, hein, s'il te plaît.

— Hors de question que je refasse ma garde-robe, ironise-t-il.

Oui, j'imagine aisément son budget costumes. Rien à voir avec moi qui bosse en uniforme.

— Freddie.

— Oui ?

— Tout à l'heure, lorsque tu as cessé de lutter et que tu m'as dit que tu m'aimais, je n'ai jamais été aussi heureux de toute ma vie. Je suis *complètement* tombé amoureux de toi.

Je lis la sincérité et l'émotion dans son regard, ce qui cicatrise mon cœur meurtri par trop d'années d'amour non partagé.

— Je n'avais jamais prononcé ces mots avant, confessé-je.

— Jamais ?

— Non, confirmé-je. Et je ne suis pas du genre à mentir à mes partenaires ou les dire simplement par complaisance.

— Alors, merci.

Nous sommes finalement nus et nous enlaçons un long moment, appréciant simplement la présence de l'autre contre soi. J'ai rêvé de tels instants, durant toute ma vie d'adulte.

Michael saisit mon avant-bras et embrasse les marques virant du rouge au bleu.

— Je n'avais jamais infligé ça à un de mes partenaires, me dit-il, embêté.

— Le couteau était persuasif.

— Il était surtout bidon, dit-il.

— Ah oui ?

— Il y avait un ressort, la lame rentrait automatiquement dans le manche.

— Nous avons intérêt d'en profiter, parce que dès lundi soir, j'enchaîne deux semaines de boulot sans jour de repos, annoncé-je.

— J'ai un gros dossier qui m'attend aussi au bureau, ne t'inquiète pas, ricane-t-il. Et puis, tu sais où j'habite.

— Toi aussi.

Sur ces belles promesses, j'ouvre le jet d'eau chaude. Michael se tient devant le miroir, et je mate son cul avec bonheur.

— J'ai besoin d'un bon rasage.

— Barbu, ce n'est pas mal non plus.

— Ah oui ? me demande-t-il, étonné.

Je confirme d'un hochement de tête. Il réfléchit quelques secondes.

— Je n'ai jamais essayé.

— Dans ce cas, la prochaine fois que nous nous reverrons à New York, soyons barbus.

— Ça marche, conclut-il.

Nous récupérons nos gels douche dans nos trousses de toilette. Je déplace le lubrifiant et la capote devant la cabine.

La suite constitue de parfaits préliminaires. Nous nous lavons l'un l'autre, sans empressement. Nous avons ouvert un nouveau chapitre dans notre relation et expérimentons des choses inédites. Je suis surpris par l'aisance de Michael à s'offrir à moi. Il n'éprouve pas de virilité mal placée à l'idée d'être pénétré. Il est joueur. S'il touche ma queue, ce n'est jamais plus d'une seconde, car il m'invite implicitement à prendre la direction des opérations. Je suis aux anges, mon sourire est si grand qu'il fend mon visage en deux.

— Tourne-toi, s'il te plaît.

Il obéit avec impatience, pendant que je m'habille et me munis de lotion.

— Vas-y franchement, me conseille-t-il.

Qui suis-je pour le contrarier ? Ah ah…

— OK.

Je taquine son anus avec mes doigts lubrifiés que j'insère rapidement sur une longueur de phalange puis j'étale le surplus sur ma tige. Michael attend docilement que mon pénis se présente contre son entrée.

Je le pénètre avec précaution et il parcourt les centimètres suivants en s'empalant tout seul sur mon pieu. Oh, mon Dieu… Cette nouvelle facette de Michael que je découvre est un pur bonheur. Il gémit longuement de douleur alors que c'est lui qui s'enfonce sur ma queue. Quand il me lance un regard suppliant, je viens à sa rescousse.

J'appuie dans le creux de ses reins, afin qu'il se cambre idéalement, et réalise que nos bassins sont parfaitement ajustés. Aucun de nous n'a à s'abaisser pour faciliter la pénétration,

Je me plaque contre lui, embrasse son épaule et glisse une main autour de son pénis. Il lâche un petit cri aigu trop mignon et laisse exploser toute sa sensualité. Les yeux fermés, il passe la langue sur ses lèvres sèches. La vue des muscles de son dos tendus, alors que je le masturbe, manque de causer ma perte. D'un bras, il s'accoude sur le mur. De l'autre, il empoigne ma hanche et réclame plus. Il va de soi que je lui accorde tout ce qu'il désire.

Je libère son membre bandé et humide, puis j'empoigne son bassin à deux mains et commence à aller et venir. Mon corps vient claquer le sien bruyamment. Seul notre plaisir compte désormais. Michael s'abandonne avec une facilité déconcertante à mes coups de boutoir de plus en plus violents.

Puis-je tomber encore plus amoureux de lui que je le suis déjà ?

On a beau dire… La compatibilité sexuelle dans un couple est primordiale, car elle permet de cimenter la relation. Par conséquent, si j'en crois cette première expérience, j'ai quelque espoir que nous soyons heureux à l'avenir.

Il hurle soudain mon prénom et jouit dans un juron étouffé. Je m'arrête quelques secondes puis éjacule à mon tour dans la protection. Les jambes de Michael tremblent autant que les miennes. Néanmoins, il est de mon devoir de le soutenir, surtout après une telle chevauchée sauvage. Je le ceinture donc avec un bras et laisse mon pénis retrouver le chemin de la sortie tout seul, comme un grand.

Sa respiration est laborieuse, alors je le retourne et l'emprisonne dans mes bras. Je coupe le jet d'eau chaude. Il s'accroche à mon cou et gémit d'aise.

— Baise-moi comme ça à chaque fois, et je finirai par oublier mon propre nom, plaisante-t-il.

— Attends de voir quand je suis en forme, répliqué-je, amusé.

— Putain de bordel de merde, marmonne-t-il.

Une fois que je suis assuré qu'il peut tenir debout sans assistance, je m'écarte.

— Ne bouge pas.

Je retire rapidement le préservatif et entreprends de nettoyer le corps magnifique de mon amant, puis le mien. Michael affiche un sourire serein et repu, ce qui me rassure.

— J'ai sommeil.

— Dormons quelques heures, d'accord ?

Il acquiesce et je nous rince. Les autres ne râleront pas, il reste encore de l'eau chaude.

Tranquillement, nous nous essuyons dans un silence réconfortant. Je couche ensuite Michael dans son lit et lui annonce m'absenter deux minutes afin d'aller nous chercher une bouteille d'eau bien fraîche.

Je retrouve Jason dans notre chambre.

— Je n'ai pas besoin de te demander si tout va bien avec Michael, rit-il. Toute la maison a profité de votre partie de jambes en l'air.

Je hausse les épaules. Je m'en fiche.

— Dans le scénario original, ce n'est pas Carrie mais moi qui devais disparaître en premier.

— Ah ouais ?

— Et comme tu t'es pointé dans ma chambre…
Changement de plan. Tu m'en veux ? me questionne-t-il, penaud.

— Aujourd'hui, oui. Demain, déjà un peu moins.
Ah… Tu as monté mon sac, merci.

Je me déleste de mes fringues sales et ma trousse
de toilette sur un fauteuil.

— Ne fais pas cette tête, lui dis-je en ricanant. À
ce midi ?

— Tu restes avec Michael ? Tu m'abandonnes ?

Il boude à moitié, sauf que je n'ai plus beaucoup
d'énergie en réserve. Je lui balance le premier truc qui
me tombe sous la main, à savoir la crème anti-coups.
J'ai mon smartphone en poche, et pas le courage de
m'occuper de mes notifications qui attendront encore
un peu. Néanmoins, je le sens vibrer.

Je pars sans me presser vers le rez-de-chaussée.
Quelque part, j'entends des rires d'enfants. Mais je n'ai
plus peur désormais. Est-ce une façon pour Sarah de
nous dire que tout va bien ? Sûrement. Est-ce elle qui a
empêché ma cheminée de s'allumer le premier soir ?
A-t-elle ainsi essayé de contrecarrer leur piège et me
protéger ? Peut-être.

J'ai le sourire quand j'entre dans la cuisine.

— Ça y est ? me demande IT aussitôt, hilare. Vous
avez terminé de vous envoyer en l'air ?

— Oui, j'ai mis Michael au lit.

Je m'arrête devant le frigo où je pioche une bouteille. Après l'avoir refermé, je tombe sur trois visages luttant pour réprimer leur curiosité.

— J'ai une question, lâché-je.

— Vas-y, me répond Chucky qui se doute de ce que je veux savoir.

— Norm et toi ? Sex friends ou pas ?

— Non, désolé, dit Norman.

— Cet abruti s'est planté dans le script, avoue IT.

— Et j'ai dû composer un gros bobard, complète Chucky.

— Hey ! J'avais le stress de la caméra et Jimmy qui me transmettait des instructions pour le groupe dans l'oreillette, OK ?

Je préfère en rire. Franchement… Quelle bande de potes, je vous jure…

— Où est Carrie ?

— Dehors, au téléphone. Elle avait genre cinquante appels manqués de Samara. Elles doivent rattraper le temps perdu.

— OK. La salle de bain est libre, annoncé-je.

— Est-ce que tu vas bien ? m'interroge IT avec sérieux.

— Oui, oui, éludé-je. J'ai juste le taux d'adréna-line qui redescend à toute vitesse, je vais dormir un peu.

— Jason culpabilise, précise Chucky, soucieux.

— Je sais bien, mais ça lui passera.

Je leur adresse un signe de la main et repars avec mon précieux butin, dont je bois plusieurs petites gor-gées afin d'épancher efficacement ma soif.

J'aperçois Jason allongé sur le lit, mais je ne m'ar-rête pas avant d'avoir rejoint mon compagnon.

Quand mon portable vibre fortement sous mon oreiller, je sais que trois heures et demie se sont écou-lées. J'arrête l'alarme et tombe avec bonheur nez à nez avec Michael qui me contemple, les yeux grands ou-verts.

— Salut, chantonné-je.

— Salut, me retourne-t-il avec un regard coton-neux.

— As-tu réussi à dormir ?

— Oui, je viens de me réveiller.

Nous sommes face à face, sur le flanc. Il caresse gentiment ma joue, comme pour s'assurer que je suis bel et bien là.

— Je n'ai aucun regret de t'avoir piégé. Parce que je ne renoncerai pas à toi. Pour tout l'or du monde. Si je devais en repasser par-là afin d'obtenir à nouveau tes véritables sentiments, je le referais. Tu m'as tellement bluffé, ces derniers jours. Tu es si fort...

Je rougis à cette incroyable confession. J'attrape sa main sur ma joue et embrasse sa paume. La façon dont il me regarde... Il n'a jamais regardé aucune de ses ex de cette manière, j'en suis persuadé.

— Je suis attristé de le dire, mais... allons retrouver les autres, d'accord ?

— Seulement si tu me promets de rester la nuit prochaine avec moi, dit-il.

— Ça marche, réponds-je sans hésitation.

À contrecœur, nous quittons le lit et rejoignons nos amis. Dans le salon, Norman ronfle sur un fauteuil, tandis que Carrie mate Netflix.

— Où sont les deux autres ?

— Ils sont en train d'ôter le boîtier qui a bloqué le moteur du second 4X4.

J'embrasse Michael au coin des lèvres et le laisse s'installer à côté d'elle.

— Soyez sages, chantonné-je. Je reviens de suite.

— Pas trop quand même, j'espère ? me rétorque-t-elle. Oh ! Est-ce que nous irons sur la tombe de Sarah avant le déjeuner ?

— Si tu veux.

— OK. Attends, je t'accompagne. J'enfile mes boots.

Elle se lève déjà et Michael récupère avec joie la tablette de Carrie pour lui tout seul.

— Cool. Prenez votre temps, nous adresse-t-il.

Je pars donc avec elle, bras dessus bras dessous. Nous nous habillons dans l'entrée.

— Pardon de me plaindre, mais la journée d'hier m'a paru interminable.

— Sans réseau, tu m'étonnes, ricané-je.

— J'ai lu et j'ai rempli des grilles de sudoku, me raconte-t-elle.

— Tu pourras prendre ma chambre, ce soir, si tu veux.

— Merci. J'allais justement te poser la question.

— Vu l'état de ta literie... Je squatte la chambre de Michael, ne t'inquiète pas.

Nous sortons sur le perron. À quelques mètres, Chucky referme dans un claquement le capot du véhicule.

— Voilà, dit-il soulagé.

Assis côté conducteur, IT le démarre et la bête ronronne comme un chaton. Nos deux locations sont sagement garées l'une à côté de l'autre.

— Tout fonctionnera pour demain ? m'enquiers-je.

— Oui, oui, confirme Chucky. C'est bon.

IT sort et verrouille le véhicule.

— Jim m'a conseillé un bon restaurant en ville, si cela vous tente. De la bonne nourriture cajun.

— Moi oui, dis-je. À voir avec les autres.

— OK, nous en rediscuterons lorsque nous serons tous ensemble.

— Nous nous rendons sur la tombe de Sarah, là, annonce Carrie.

— Pas de souci. Le déjeuner n'est pas prêt, de toute façon.

Elle s'accroche à mon bras et nous partons nous balader tranquillement. Nous suivons l'allée sur la droite de la maison, avec sérénité.

— Est-ce que je peux me montrer franche avec toi ? me demande-t-elle avec appréhension.

— Bien sûr. Il semblerait que la journée soit propice aux confessions, ironisé-je. Si tu veux me faire une déclaration d'amour, c'est trop tard, ma belle.

Elle rit doucement, tapotant mon épaule.

— Hélas, c'est moins glorieux que ça.

— Je t'écoute.

— Lorsque je suis sortie avec Michael, je savais que tu en étais amoureux, toi aussi. La manière dont tu le regardes te trahit.

— Vraiment ? lâché-je, honteux.

— Mais tu sais… Tout le temps qu'a duré notre relation, j'étais consciente d'une chose.

— Laquelle ?

— Je savais que si je lui parlais de tes sentiments à son égard, je le perdrais. Du coup, j'ai toujours fermé ma gueule. Bella a été la première à lui lâcher le morceau. Elle est réellement très conne.

— Réellement, répété-je en riant.

— Eh bien, elle n'a pas seulement l'air de l'être, elle l'est.

J'explose de rire.

— Je crois surtout que ce n'était qu'une question de temps, avant que la vérité rattrape Michael.

— Es-tu en train de me faire comprendre qu'il était amoureux de moi, lui aussi ?

— Oh, il l'ignorait totalement. Mais j'ai commencé à m'en rendre compte quand nous rentrions des soirées où tu étais présent. Il riait souvent en se remémorant une de tes blagues. Au début, j'ai cru qu'il souffrait simplement de ne pas appartenir à ton cercle proche. Mais ce n'est pas cela. Et puis, de fil en aiguille, j'ai commencé à surprendre ses coups d'œil vers toi. Il adore ton cul, par exemple.

Je suis soudain très embarrassé.

— J'adore le sien, déclaré-je avec humour.

— Il a détesté chacun de tes mecs.

— Ah bon ? lâché-je, étonné.

— Brian est celui qu'il a détesté le plus, précise-t-elle.

— Sérieux ? J'aurais pourtant juré qu'il était au contraire celui avec lequel il a été le plus proche.

— Tu n'as pas idée, marmonne-t-elle.

— Quoi ?! éructé-je, à la fois contrarié et choqué.

— Je n'ai aucune preuve, pourtant je suis convaincue qu'il est pour quelque chose dans votre rupture.

— Eh beh… C'est du propre.

Je m'efforce de paraître détaché, mais merde ! Je suis perplexe. Je ne me suis jamais douté de rien.

— Jason aussi l'avait remarqué, continue-t-elle.

— Au sujet de Brian ?

— Non, l'intérêt bizarre que te vouait Michael, répond-elle. Qu'est-ce que tu vas t'imaginer ?

À bien réfléchir, Jason y avait fait allusion à plusieurs reprises. Je n'en avais évidemment pas cru un traître mot, aveugle que j'étais. Quel idiot.

Nous arrivons à destination. À une vingtaine de mètres, j'aperçois une tombe bien entretenue, près d'un chêne gigantesque.

— Pourquoi diable a-t-elle voulu reposer ici ? me demande Carrie.

Si je me souviens bien de ce que j'ai lu sur mon contrat, Jimmy ne porte pas le nom de famille de La-Salle.

Je lis celui sur la pierre tombale.

— Elle était la dernière de sa lignée. Nous sommes loin d'Hollywood, je doute que Jimmy vienne ici souvent.

— Pourtant, il y a un bouquet de fleurs récent.

— Jimmy, peut-être, supposé-je.

— Oui, peut-être.

Une minute, nous nous recueillons en silence. Je la remercie principalement de nous avoir accueillis chez elle lors de ce drôle de canular dont je suis la principale victime.

Ensuite, je m'interroge sur les intentions de Sarah, à vouloir être inhumée ici plutôt qu'au cimetière familial. Elle a su remplir cette maison d'une grande famille, alors qu'elle avait perdu enfant et mari. Après avoir dévoué sa vie aux autres, a-t-elle choisi cet emplacement du jardin parce qu'il s'agissait de son lieu préféré ?

Je me tourne dans le même sens qu'elle, en quête d'une réponse. Un coup de vent vient alors balayer mes cheveux. D'ici, je vois le manoir bien sûr, ainsi que la chapelle et un bout du cimetière. Si je ne me trompe pas, la pelouse qui nous sépare de ces différents points se situe au centre de la propriété. J'éprouve soudain une grande plénitude devant ce panorama.

Carrie finit par se tourner dans le même sens que moi.

— Je suis d'accord avec toi.

— À quel sujet ? m'interroge-t-elle.

— J'aurais plaisir à revenir ici.

— Comment dire… ? Tu te sens comme connecté à cette maison, pas vrai ?

— Oui, je crois, réponds-je trois secondes plus tard.

— Alors, c'est décidé ! Nous reviendrons, un jour !

— Avec joie.

Elle le promet peut-être à la légère, mais moi pas, je le pense sincèrement. Je me verrais bien me marier ici. L'idée est naïve, certes. Toute cette aventure m'a pourtant aidé à créer un lien avec LaSalle's Manor. Je laisserai un peu de moi en partant demain.

Épilogue

Printemps de l'année suivante

« Que personne ne bouge ! » crié-je sur l'écran cinéma de notre pote Phil.

Une voix masculine ajoute : « La suite, dans le prochain épisode de Confessions ultimes ! »

Mes amis applaudissent, tandis que mes mains recouvrent encore mon visage. À chacune de mes apparitions, je me suis caché contre l'épaule de Michael. Jimmy a pris le parti de montrer également l'envers du décor. J'ai ainsi découvert le pot aux roses au sujet de la location des véhicules au sortir de l'aéroport, avec le faux employé et vrai complice qui s'est chargé de nous servir avant de nous refiler les 4X4 de la production. Ainsi que les détours honteux que Chucky nous a fait faire dans l'unique but d'éviter les villages sur notre route. L'idée m'avait effleuré sur le chemin du retour, lorsque je n'avais pas du tout reconnu le paysage.

Ou encore le vent de panique quand j'ai rejoint Jason dans sa chambre, foutant en l'air tout leur scénario. J'ai bien ri.

Nous avons reçu les épisodes de l'émission, il y a deux semaines. Les autres les ont visionnés. Moi pas. Je n'ai pas eu le courage de voir partout à l'écran ma tignasse bouclée.

Pour l'occasion, l'intégralité du groupe est présente, ce soir. Je reçois donc vingt et une félicitations enjouées, accompagnées de remarques humoristiques plus ou moins charmantes.

— Je suis jaloux, me glisse Michael à l'oreille avec un baiser sur la joue. Tout le monde a pu voir tes beaux tétons.

Il resserre un instant son bras autour de ma taille, et il ne me faut rien de plus pour être heureux et oublier le reste.

Le dernier semestre a été une véritable course. Entre nos boulots, nos appartements qui se situent dans des quartiers totalement différents, nous nous sommes résolus à trouver un nouveau logement qui, niveau trajet, coupe la poire en deux. Jason a réussi l'exploit de nous débusquer cette perle rare dans un quartier assez calme et surtout gay friendly. Il s'agit d'un petit immeuble de trois étages, avec une résidence par palier. Parfois, le pépé du rez-de-chaussée m'envoie chercher des courses, comme si j'étais un gamin de dix ans à qui il donne la pièce. Il est un peu gâteux mais pas méchant. Il éprouve des difficultés à marcher, avec son arthrite. À notre emménagement, il nous a regardés bizarrement, avant de s'adoucir lorsque je suis allé me présenter en lui précisant mon métier.

En bref, ma relation avec Michael fonctionne à merveille. Oh, il y a eu quelques maladresses au début, le temps de nous ajuster. Entre ses horaires fixes et les miens décalés, nous nous sommes loupés plusieurs fois.

Ma rencontre avec ses parents a été une autre paire de manches… Leur accueil à mon égard s'est avéré plutôt tiède, au grand désespoir de mon compagnon. Seulement, voilà… Michael et moi nous aimons sincèrement. Nous prévoyons même de nous marier l'année prochaine. Il n'est pas question d'avoir des gosses, une maison en banlieue avec une balançoire et un chien, ah ah… Nous voudrions plutôt voyager.

Et pourquoi pas du côté de LaSalle's Manor…

FIN

Table des matières

Printed in Great Britain
by Amazon